SE
OS GATOS
DESAPARECESSEM
DO MUNDO

GENKI KAWAMURA

SE
OS GATOS
DESAPARECESSEM
DO MUNDO

Tradução
Tomoko Gaudioso

3ª edição

Rio de Janeiro | 2024

CIP-BRASIL. CATALOGAÇÃO NA PUBLICAÇÃO
SINDICATO NACIONAL DOS EDITORES DE LIVROS, RJ

K32s Kawamura, Genki
   Se os gatos desaparecessem do mundo / Genki Kawamura ; tradução Tomoko Gaudioso. - 3ed. - Rio de Janeiro : Bertrand Brasil, 2024.

   Tradução de: 世界から猫が消えたなら
   ISBN 978-65-5838-286-7

   1. Ficção japonesa. I. Gaudioso, Tomoko. II. Título.

23-87348
      CDD: 895.63
      CDU: 82-3(52)

Gabriela Faray Ferreira Lopes - Bibliotecária - CRB-7/6643

Copyright © Genki Kawamura, 2012
Edição brasileira publicada por acordo com Kodansha Ltd., Tóquio.

Texto revisado segundo o Acordo Ortográfico da Língua Portuguesa de 1990.

Todos os direitos reservados.
Não é permitida a reprodução total ou parcial desta obra, por quaisquer meios, sem a prévia autorização por escrito da Editora.

Direitos exclusivos de publicação em língua portuguesa somente para o Brasil adquiridos pela:
EDITORA BERTRAND BRASIL LTDA.
Rua Argentina, 171 — 3º andar — São Cristóvão
20921-380 — Rio de Janeiro — RJ
Tel.: (21) 2585-2000,
que se reserva a propriedade literária desta tradução.

Seja um leitor preferencial.
Cadastre-se no site www.record.com.br
e receba informações sobre nossos
lançamentos e nossas promoções.

Atendimento e venda direta ao leitor:
sac@record.com.br

EDITORA AFILIADA

Uma breve introdução

Se os gatos desaparecessem, como isso afetaria o mundo ou a minha vida?

E se *eu* desaparecesse? O mundo provavelmente continuaria o mesmo, e a vida seguiria seu curso. Você pode até achar isso uma grande bobagem, mas, por favor, acredite em mim. O que vou contar nestas páginas é o que me aconteceu nos últimos sete dias. Que semana estranha! Ah, e em breve irei morrer.

Por que isso vai acontecer? Calma, vou explicar já, já. Provavelmente será uma *longa* carta. Mas, por favor, tenha paciência. Afinal, esta será minha primeira e última carta a você. Sim, este é o meu testamento.

SEGUNDA-FEIRA:
O Diabo veio até mim

Não havia nem dez coisas que eu queria fazer antes de morrer. Vi algo assim num filme há muito tempo: a protagonista escreveu uma lista de dez coisas que queria fazer antes de morrer. Mas, para ser sincero, eu achava isso muito irreal. Bem, não que não desse para fazer, mas acreditava que não devia haver nada de importante para colocar numa lista dessas, só um monte de baboseiras. Por que eu achava isso? Então, como poderia explicar... Eu já tinha feito essa tal lista, e foi simplesmente constrangedor.

★

Tinha sido sete dias atrás. Estava resfriado fazia muito tempo e, mesmo assim, trabalhei normalmente entregando cartas. Sentia uma febre que não passava e uma dor contínua no lado direito da cabeça. Por alguns dias, tratei os sintomas com medicamentos vendidos sem receita — detestava ir ao hospital —, mas ao fim de duas semanas decidi ir ao médico, já que não melhorava.

Então descobriram que não era um simples resfriado. Na verdade, era um tumor cerebral de estágio 4 — pelo menos foi esse o diagnóstico que o médico me deu. Ele me disse que eu tinha, no máximo, seis meses de vida, ou talvez até uma semana de sobrevida. E havia proposto várias alternativas: radioterapia, quimioterapia, cuidados paliativos... No entanto, nenhuma delas me parecia aceitável.

Quando era criança, eu costumava ir à piscina durante as férias de verão. Mergulhava na água azul e fria, fazendo barulho e espirrando água para todos os lados.

"Faça aquecimento antes!", ouvia minha mãe gritar. Mas, debaixo da água, sua voz ficava abafada e quase inaudível.

Essa "memória sonora", que eu tinha esquecido completamente, voltou de repente.

O demorado exame médico enfim terminou. As palavras do doutor ainda pairavam no ar quando eu deixei minha bolsa cair no chão e saí do consultório com passos trêmulos. Sem dar ouvidos ao homem, que me chamava e pedia para que eu voltasse, saí correndo do hospital.
— Aaaaah!!!! — berrava, desesperado.
Esbarrei nas pessoas e acabei caindo e rolando pelo chão. Depois levantei e corri sem rumo, agitando os braços de forma patética. Quando enfim cheguei a uma ponte, não conseguia continuar de pé, então comecei a rastejar de joelhos, chorando... Que cena, hein? Mas tenho que confessar que nada disso aconteceu. Na verdade, em momentos como esse as pessoas ficam surpreendentemente calmas.

A primeira coisa que passou pela minha cabeça foi que faltava apenas um carimbo no cartão de fidelidade para eu conseguir uma massagem gratuita no spa perto de casa, e que eu tinha acabado de comprar papel higiênico e detergente em grande quantidade.

Mas a tristeza chegou lentamente, com o passar do tempo. Eu tinha apenas trinta anos. Já havia vivido mais do que Jimi Hendrix e Basquiat, mas sentia que ainda tinha assuntos pendentes. Coisas que só eu poderia fazer pelo mundo — tinha que haver alguma coisa.

Enquanto andava de um lado para outro, atordoado e incapaz de pensar com clareza, vi dois jovens tocando violão e cantando em frente à estação de trem.

A vida um dia acaba.
Ela dura apenas o necessário.
Depois de fazer, fazer e fazer tudo que quisermos.
E assim acolhemos o amanhã...

Seus idiotas! Que burrice! Fiquem cantando pelo resto da vida em frente à estação e verão o que vai acontecer. Irritado, mas me sentindo impotente, demorei mais que o normal voltando para meu apartamento, o que fez o percurso parecer uma eternidade. Subi a escada fazendo barulho, abri a frágil porta de casa e, quando vi o pequeno conjugado, foi então que o desespero tomou conta de mim. Sem esperanças, desabei ali mesmo.

Acordei ainda à porta e me perguntei quantas horas teriam se passado. Diante de mim havia uma bolota peluda preta, branca e cinza, que de repente soltou um miado. Olhei para ela com bastante atenção e me dei conta de que era meu querido gato, meu companheiro havia quatro anos. Ele se aproximou de mim e voltou a miar, em um tom preocupado.

Bem, parecia que eu continuava vivo. Apesar disso, a febre e a dor de cabeça ainda me castigavam. Pelo visto, a doença era real.

Quando levantei, uma voz veio do interior do apartamento.

— Prazer em te conhecer!

Ao olhar para saber de quem se tratava, vi a mim mesmo.

Não, não podia ser, eu estava *bem aqui*. Então só podia ser outra pessoa, um estranho que se parecia comigo e estava na minha casa, me encarando. Assim que o vi, a palavra *doppelgänger* foi a primeira coisa que me veio à mente. Era algo que eu lera muito tempo atrás num livro — um "outro eu" que aparecia à beira de sua morte. Havia enlouquecido, ou a morte tinha vindo me buscar?

Quase desmaiei de novo, mas, resistindo à tontura, decidi enfrentar a situação.

— Hum... Quem é o senhor?

— Quem você acha que eu sou?

— Hum... o Deus da Morte?

— Bom palpite!

— Hã?

— Eu sou o Diabo!
— O Diabo?
— Sim!

Então o Diabo simplesmente havia aparecido na minha vida. Você alguma vez chegou a ver o Diabo? Pois eu vi! Ele não era todo preto nem tinha cauda pontiaguda, muito menos empunhava um tridente. Na verdade, assumia a aparência da pessoa para quem se revelava, o que fazia dele um verdadeiro *doppelgänger*.

Aquela era uma situação difícil de enfrentar, mas decidi receber com gentileza o Diabo bastante alegre que me visitava.

Olhando mais de perto, percebi que, embora sua aparência fosse idêntica à minha, o jeito de vestir dele era bem diferente do meu. Meu guarda-roupa se resumia a roupas pretas e brancas, então no geral eu usava calça preta, camisa branca e casaco preto — sim, eu era um tipo bastante sem graça. Minha mãe até costumava se zangar comigo por comprar sempre as mesmas cores e estilos de roupas. O Diabo, pelo contrário, era extravagante. Usava uma camisa havaiana amarela com estampa de palmeiras e carros americanos, além de short, trazendo óculos escuros no topo da cabeça. Ainda fazia bastante frio lá fora, mas ele parecia estar curtindo o verão.

Eu estava cada vez mais intrigado, mas continuava sem palavras. Então o Diabo foi o primeiro a quebrar o silêncio:

— E aí, o que você vai fazer?
— Hã?
— Bem, só lhe restam alguns dias de vida, não?
— Sim, é verdade.
— E o que você vai fazer?
— Ah... Vou pensar em dez coisas que quero fazer antes de morrer.
— Então vai fazer que nem naquele filme?
— Acho que sim.
— Sério que você vai fazer uma bobagem daquelas?
— Qual é o problema?
— Olha, as pessoas fazem isso com frequência. Listar as coisas que querem fazer antes de morrer e tal. É algo que se faz pelo menos uma vez na vida... mas nunca duas! — disse ele, gargalhando.
— Não tem graça.
— Tá bom, tá bom! Ok, vamos fazer uma lista.

Então eu escrevi "Dez coisas que quero fazer antes de morrer" no topo de uma folha em branco. *Por que estou fazendo isso se estou prestes a morrer?*, pensei. De repente me senti muito idiota, e ficava cada vez mais confuso em relação ao que eu queria à medida que escrevia. Ainda assim, consegui listar meus últimos desejos.

Enquanto isso, tive que ficar escondendo do Diabo o que estava fazendo, pois ele espreitava por cima do meu ombro. E, em meio a tudo isso, meu gatinho pisoteava a folha sem parar — como todos os gatos do mundo, ele também gostava de papéis. Mas, por fim, terminei:

1. *Pular de paraquedas;*
2. *Escalar o Monte Everest;*
3. *Dirigir uma Ferrari em alta velocidade;*
4. *Comer um grande banquete chinês;*
5. *Andar num Gundam;*
6. *Gritar de amor no centro do mundo;*
7. *Ir a um encontro com Nausicaä;*
8. *Esbarrar com uma linda mulher na rua e me apaixonar;*
9. *Enquanto me abrigo da chuva durante uma tempestade, reencontrar minha ex-colega de trabalho por quem tinha uma paixonite;*
10. *Me apaixonar...*

— Que merda é essa? — questionou o Diabo.
— Hã, hum...
— Você não é mais adolescente! Sinto vergonha alheia só de ler essas coisas.
— Foi mal.
Aquilo tudo era patético mesmo. Eu havia me esforçado tanto e ainda assim só tinha pensado em coisas

ridículas. Até meu gato parecia desapontado, mantendo distância de mim, o que só me deixou mais triste.

De repente, o Diabo me deu um tapinha no ombro e disse:

— Hum... olha... vamos experimentar essa coisa de paraquedismo. Pegue todas as suas economias e vamos para o aeroporto!

Duas horas depois, estávamos dentro de um avião a três mil metros de altitude.

— Vai, pula!

Encorajado pela voz animada do Diabo, saltei do avião. O céu azul se estendia diante de meus olhos com suas nuvens majestosas, e o horizonte se abria para mim. Ao olhar dali para o chão e perceber a pequenez das coisas, tudo entrou em perspectiva. Aquilo era exatamente o que eu buscava: deixar de lado as coisas triviais da vida cotidiana e experienciar a alegria de estar vivo. Alguém havia me dito algo assim.

Mas, na verdade, a experiência foi totalmente diferente. Eu já estava de saco cheio antes mesmo de saltar. Tudo me incomodava: o frio, a altitude, o medo. *Por que diabos as pessoas gostam de fazer essas coisas? Será que eu queria mesmo fazer isso?*, pensei vagamente enquanto pulava. Então, mais uma vez, apaguei. Quando dei por mim, estava deitado na minha cama.

★

De novo acordei com meu gato miando. Quando levantei, senti a mesma dor de cabeça de antes. Então percebi que não tinha sido apenas um sonho.

Lá estava Aloha — decidi que chamaria o Diabo assim —, bem ao meu lado.

— Ai, me deixa em paz! — exclamei.

— Foi mal.

— Quase morri! Bem, já vou morrer mesmo, mas ainda assim...

Aloha ria sem parar.

Em silêncio, abracei meu gato, uma bolota peluda quentinha e fofinha. Costumava abraçá-lo sem pensar muito nisso, mas daquela vez o ato me fez refletir sobre o sentido da vida.

— Percebi que não há muitas coisas que eu realmente queira fazer antes de morrer — declarei.

— Sério?

— Aham. Não dez coisas, pelo menos. Mesmo se tivesse, provavelmente seriam bobagens.

— Mas pode ser qualquer coisa.

— E você...

— Eu?

— Por que está aqui? Ou melhor, o que veio fazer aqui?

Aloha soltou uma risada sinistra.

— Você quer mesmo saber? Vou explicar, então.

— E-espera um pouco...

Hesitei, perplexo com a súbita mudança na expressão de Aloha. Sentia que algo perigoso estava por vir.

— Que foi? — perguntou ele.

Respirei lenta e profundamente para me recompor. *Está tudo bem, só vou ouvir o que ele tem a dizer, isso não significa que concordei com nada*, pensei.

— Ok, tudo bem. Pode continuar.

— Então... na verdade, você vai morrer amanhã.

— *O quê?*

— Você vai morrer amanhã. Foi o que vim contar.

Eu estava chocado demais para falar. Em seguida, me bateu um profundo desespero. Senti meus joelhos fraquejarem, trêmulos. Ao ver minha reação, Aloha recomeçou a falar, alegre:

— Ei, não fique assim. Tenho uma ótima proposta para você!

— Uma proposta?

— Sim. Então... você não vai fazer nada para evitar sua morte?

— Olha, estou disposto a tudo. Só quero continuar vivo. Se for possível, óbvio.

Sem pestanejar, Aloha anunciou:

— Existe um jeito de mudar seu destino.

— Como assim?

— Bem, é quase mágica, mas... posso prolongar sua vida.

— *Sério?*

— Sob uma condição.

— Qual?

— Para ganhar alguma coisa, é necessário perder algo.

— O que preciso fazer?

— Algo bem fácil. Tudo que você tem que fazer é uma simples troca.

— De que tipo?

— Eu faço alguma coisa desaparecer do mundo e, em retribuição, você ganha um dia de vida.

— Simples assim? Você só pode estar de brincadeira.

Era uma história difícil de acreditar. Mesmo à beira da morte, eu ainda não havia perdido a noção. Que poder Aloha tinha para fazer uma coisa dessas?

— Você deve estar se perguntando que poder tenho para fazer isso, não é?

— O quê? Não!

Será que ele era mesmo o Diabo? Ele conseguia ler a mente das pessoas?

— Ler mentes é a parte mais fácil. Afinal de contas, eu sou o Diabo.

— Hum...

— Estamos sem tempo, então você vai ter que confiar em mim. O trato é real!

— Queria que fosse, mas...

— Já que você não acredita em mim, vou contar como consegui esse poder — disse ele. Então indagou: — Você conhece o livro do Gênesis?

— Da Bíblia? Conheço, mas nunca li.

— Entendi. Seria mais fácil se você tivesse lido...

— Foi mal.

— Enfim. Vou fazer um resumo. Então... Deus criou o mundo em sete dias.

— Já ouvi falar disso.

— Vamos começar pelo primeiro dia. No início de tudo, o mundo era apenas escuridão, mas então Deus criou a luz e fez surgir o dia e a noite. No segundo dia, Ele criou o céu. E no terceiro, a Terra. Em seguida, fez os oceanos e as plantas.

— Que impressionante...

— Pois é! No quarto dia, criou o sol, a lua e as estrelas, e assim nasceu o universo! No quinto dia, Ele criou os peixes e as aves e, no sexto, os demais animais. Por fim, Deus criou o homem à sua imagem e semelhança. E então a humanidade entrou em cena!

— Hum, entendi... E no sétimo?

— Nesse Ele descansou! Nem Deus aguenta trabalhar tanto assim.

— E isso foi no domingo, não foi?

— Exatamente. Não é impressionante que Ele tenha feito tudo isso em sete dias? Deus é demais! Admiro muito Ele.

Tive a vaga impressão de que, por trás de todas aquelas palavras, havia algo muito diferente de admiração, mas deixei para lá e ouvi o resto da história.

— A primeira pessoa que Deus criou foi um homem chamado Adão; daí Ele achou que o coitadinho ficaria solitário e criou uma mulher, Eva, das costelas do cara. Mas, como os dois estavam acomodados demais, fiz uma sugestão a Deus: perguntei se eu poderia convencê-los a comer a maçã.

— Que maçã?

— Espera aí, já vou explicar. No Jardim do Éden, onde viviam, eles podiam comer e fazer tudo que quisessem. E eram imortais. Só havia uma única coisa que era proibida: comer o fruto da Árvore do Conhecimento do Bem e do Mal, que era uma maçã.

— Entendi.

— Então, quando os desafiei, eles acabaram comendo.

— Que terrível! Bem a cara do Diabo mesmo.

— Calma aí! E então Adão e Eva foram expulsos do Paraíso, o ser humano perdeu sua imortalidade e começou uma tremenda jornada cheia de conflitos e privações.

— Cara, você é mesmo o Diabo!

— Não é pra tanto! Aí Deus enviou seu único filho, Jesus Cristo, para a Terra, mas nem isso fez os seres humanos refletirem sobre seus pecados. E, no fim das contas, acabaram crucificando Jesus...

— Essa parte eu conheço.

— Depois disso, as pessoas se tornaram cada vez mais egoístas. E continuaram criando várias coisas, sem saber se precisavam delas ou não.

— Entendi.

— Por isso, fiz mais uma proposta a Deus. Perguntei se poderia vir para a Terra e deixar os seres humanos decidirem do que precisam ou não. Depois, fiz a seguinte promessa a Ele: se um ser humano fizesse alguma coisa sumir do mundo, em troca eu lhe daria um dia de vida. E Ele permitiu. Desde então, tenho andado à procura de pessoas com quem fazer um trato. Até agora, já lidei com todo tipo de gente. A propósito, você é a centésima oitava!

— Sou?

— Sim! São poucas, né? Apenas cento e oito pessoas no mundo tiveram essa grande sorte, e você está entre elas! Basta fazer uma coisa desaparecer do mundo, e então viverá mais um dia. Legal, hein?

A proposta era ridícula. Parecia um daqueles anúncios aleatórios e absurdos na internet. Eu não acreditava nadinha naquilo. *Como* era possível prolongar minha vida por meio de uma troca tão simples? Mas, acreditando ou não, era melhor arriscar. *Vou morrer mesmo*, pensei. *Não tenho muita opção.*

Só recapitulando: ao fazer uma coisa desaparecer, eu ganharia um dia de vida. Pelas minhas contas, trinta coisas me dariam um mês. Então trezentas e sessenta e cinco me proporcionariam mais um ano. Que fácil! O mundo estava cheio de porcaria mesmo. Salsa na omelete, lenços de papel distribuídos em frente às estações de trem, manuais de eletrodomésticos que pareciam calhamaços e semente de melancia. Só de pensar um pouco, já consegui enumerar diversas coisas desnecessárias. Se organizasse direitinho, a lista com certeza passaria de um milhão.

Partindo do pressuposto de que eu viveria até os setenta anos, e levando em conta minha atual idade, teria apenas quarenta anos pela frente. Então, se eu fizesse sumir umas 14.600 coisas, conseguiria viver até essa idade. Se bem que havia tanta coisa para fazer desaparecer que eu conseguiria seguir com isso por muito tempo, e viveria talvez até os cem ou duzentos anos. Como Aloha afirmara, a humanidade vinha criando um monte de objetos inúteis por milhares de anos. Se alguma coisa desaparecesse, ninguém notaria e, além disso, o mundo se tornaria um lugar mais simples, e com certeza as pessoas ficariam gratas por isso.

Aliás, meu trabalho como carteiro era também uma profissão em vias de extinção. Talvez chegasse um dia em que as cartas e os cartões-postais iriam desaparecer. Mas, se pensássemos bem, absolutamente tudo no mundo podia ser visto a partir de uma ótica utilitária. Até os próprios seres humanos podiam entrar nessa conta. Afinal, nada fazia sentido.

— Ok, eu topo. Posso fazer algumas coisas sumirem e tal. Quero prolongar minha vida — concordei. Estava orgulhoso de mim mesmo.

— Uau, você finalmente aceitou. Quem diria! — Aloha parecia um tanto impressionado com minha decisão.

— Olha, foi você quem insistiu... Ah, deixa pra lá. Enfim, o que eu faço desaparecer? Bem, antes de mais nada... aquela mancha na parede!

Aloha apenas me encarou, sem palavras.

— O pó dos livros, então!

Nada.

— Já sei, o limo nos azulejos do banheiro!

— Calma aí, não sou faxineiro! Não se esqueça de que você está falando com o Diabo.

— Nenhuma das minhas ideias foram boas?

— Não! Eu é quem decido o que vai sumir.

— E quais são seus critérios?

— Bem, depende do meu humor. Mas no geral sigo meus instintos.

— Seus instintos?!

— Tá, deixa eu te mostrar como funciona... — dizendo isso, Aloha analisou o cômodo com um olhar curioso.

Eu acompanhei o olhar dele, desejando em segredo que ele não fizesse desaparecer meus tênis de edição limitada nem minha coleção de bonequinhos. Mas, pensando bem, eu iria ganhar um dia de vida em troca. No fim das contas, estava fazendo um pacto com o Diabo, então não tinha como ser algo simples. E se ele escolhesse o sol? Ou a lua? O oceano ou até mesmo a Terra? Será que ele faria algo tão grande assim sumir? Quando enfim me dei conta da gravidade da situação, os olhos de Aloha pousaram sobre a mesa.

— O que é isso? — perguntou ele, pegando uma caixinha da mesa e sacudindo-a com um ruído.

— Ah, são biscoitinhos de chocolate da... Montanha de... Cogumelos.

— Cogumelos?

— Não, não são cogumelos. São da Montanha de Cogumelos.

Aloha inclinou a cabeça para o lado, confuso.

— E o que é isso aqui?

Ele pegou a caixinha que estava ao lado e a sacudiu também, fazendo mais barulho.

— Esses são os da Aldeia de Brotos de Bambu.

— Brotos de bambu?
— Não, não são brotos de bambu, são da *marca* Aldeia de Brotos de Bambu.
— Que confuso!
— Desculpa. Enfim, ambos são biscoitinhos de chocolate.
— Chocolate?
— Aham.

Eu havia ganhado as duas caixas num sorteio do centro comercial alguns dias atrás, e elas estavam largadas sobre a mesa desde então. Pensando bem, eles eram biscoitinhos de chocolate com um conceito muito estranho. Não me admirava que o Diabo tivesse ficado confuso.

— Entendi. Ouvi dizer que os humanos são obcecados por chocolate, mas não achei que fosse pra tanto. Por que escolheram justamente o formato de cogumelo e de broto de bambu?
— Boa pergunta. Nunca tinha pensado nisso...
— Hum... Vamos escolher o chocolate, então?
— Hã?
— O que vamos fazer sumir! Esqueceu?
— Isso não é uma coisa aleatória demais?
— Está tudo bem, é sua primeira vez fazendo isso. Então dá pra escolher qualquer coisa dessa vez.

★

O que seria do mundo se o chocolate simplesmente desaparecesse? Comecei a imaginar diversos cenários — os viciados em chocolate ficariam de luto, gritariam, lamentariam, seus níveis de açúcar no sangue baixariam e eles levariam uma vida de apatia. Num mundo sem chocolate, os marshmallows e caramelos tomariam seu lugar? Não, não eram candidatos à altura. A humanidade logo criaria novos doces para substituí-lo. Então cheguei à conclusão de que o ser humano possuía um desejo insaciável por comida.

Ao meu lado, meu gatinho comia *neko-manma*, seu arroz com peixe favorito, que eu havia colocado para ele. Por ser um gato, ele só se alimentava de refeições feitas para gatos domésticos. Já os humanos eram diferentes — e muito exigentes quando se tratava de comida. Afinal, apenas seres humanos processavam alimentos, temperavam, moldavam e ainda se preocupavam com a aparência da comida. O chocolate era o maior exemplo disso, existindo em diferentes formas, algumas até ousadas: recheado com nozes, utilizado como cobertura para biscoitos e, naquele caso, em biscoitos no formato de cogumelos e brotos de bambu. Talvez tivesse sido isso que conduzira a humanidade à evolução: sua criatividade e seu desejo por coisas novas.

No fim das contas, eu era sortudo por ter tido a oportunidade de viver naquele mundo.

★

Bem, dificilmente alguém abriria mão da própria vida pela existência do chocolate. Então eu escolheria minha vida com prazer. Afinal, se eu podia fazer isso, por que não, certo? E havia muitas outras coisas por aí que eu poderia fazer sumir. Desse jeito, daria para prolongar bastante meu tempo.

Já estava começando a me iludir com aquele trato com o Diabo, quando ouvi a voz de Aloha.

— Isso é gostoso? — perguntou ele, encarando os biscoitos.

— Ah, é sim — respondi.

— Hum...

— Você nunca experimentou?

— Não.

— Pode comer, se quiser.

— Não, valeu. Não gosto de comida humana, ela tem um gosto meio... sei lá...

— Sério?

A vontade de perguntar o que o Diabo comia foi grande, mas me contive. Então Aloha, talvez vencido pela própria curiosidade, pegou um biscoitinho da Montanha de Cogumelos, cheirou-o e analisou-o por alguns segundos e, de olhos fechados, levou-o à boca.

O único som era o de mastigação ecoando pelo cômodo.

— Que tal? — perguntei, receoso.

Aloha continuou em silêncio, de olhos fechados.

— E aí...?

— De...

— Está tudo bem?

— Delicioso!

— Sério?

— É bom demais! Você vai fazer isso sumir mesmo? Que desperdício!

— Mas foi você quem escolheu!

— Sim, fui eu. Porém, cometi um erro. Não sabia que era tão bom.

— Mas se eu não fizer alguma coisa sumir, vou morrer, não vou?

— Bem... sim.

— Então vou fazer o chocolate desaparecer.

— Tem certeza? — perguntou ele, parecendo muito triste.

— Tenho — respondi, apesar de sentir pena dele.

— Espera! — gritou ele de repente.

— Que foi?

— Posso comer só mais um? — implorou ele, desolado. Até havia lágrimas em seus olhos. Ele devia ter adorado mesmo.

Quando achou que eu não estava vendo, ele colocou alguns biscoitinhos na boca e, depois de saborear devagar, disse:

— Olha... não posso fazer isso desaparecer.

— *O quê?*

— Não posso fazer algo tão delicioso sumir!

— *Como assim?*

A raiva cresceu dentro de mim diante daquelas palavras ridículas, ditas com tanta tranquilidade. *É meu destino que está em jogo!* Achei que tinha aceitado que iria morrer em breve, mas, quando me vi diante da possibilidade de ter mais tempo de vida, me agarrei a ela com todas as minhas forças, por mais ridículo que o trato pudesse parecer. Pensei que queria partir deste mundo com resignação e serenidade, mas, cara a cara com a morte, me vi fazendo o que estava ao meu alcance — inclusive me aliar ao Diabo — para me salvar, seguindo meus instintos de sobrevivência mais primitivos. Afinal, em uma situação como aquela, havia coisas mais importantes que minha dignidade.

— Não posso aceitar isso, essa mudança de ideia — declarei.

— Ué, agora está com medo de morrer?

— Bem... sim. Isso tudo é uma questão de vida ou morte para mim, e é ridículo você querer decidir o que vai desaparecer ou não com base em seus gostos pessoais.

— Tanto faz. Eu sou o Diabo, posso fazer o que quiser.

Fiquei sem palavras diante de tal declaração.

— Ah, qual é! Não fique triste assim — disse ele. — Olha, vou pensar em outra coisa num instante, tá bom?

Então Aloha percorreu os olhos pela casa rapidamente. Estava na cara que ele sentia medo de cometer o mesmo erro de antes. Eu o encarava com desprezo, julgando-o como um sujeito vil e mesquinho — apesar de, bem… se tratar do Diabo —, quando meu celular tocou. Era da agência do correio onde eu trabalhava. Olhei para o relógio — já havia passado muito do meu horário de iniciar o expediente, então o diretor estava me ligando, irritado com meu atraso, mas também preocupado com o fato de eu ter saído mais cedo no dia anterior para ir ao médico.

— Estou bem. Mas acho que preciso de mais um tempinho de repouso para me recuperar. Posso tirar uma semana de folga?

Recebi permissão para tirar a licença e encerrei a chamada.

— Isso…

— O quê?

— Vai ser esse objeto aí.

Então percebi que Aloha estava apontando para o celular.

— Isso parece dispensável.

— O quê, os telefones?

— Sim! Vamos fazê-los desaparecer. — Aloha riu.
— Que tal? Quer ganhar um dia de vida em troca dos telefones?

Se os telefones desaparecessem... o que seria do mundo? Antes que eu sequer pudesse considerar a questão, Aloha se aproximou mais.
— E aí, o que você vai fazer?
— Hã...
Pensei nos prós e contras. Um dia de vida ou os telefones. Que difícil...
— Decida logo ou vou fazer desaparecer de uma vez.
— Calma, espera aí!
— Vinte segundos... dez segundos, nove, oito, sete...
— Chega, pare com essa contagem regressiva! Faça sumir logo! — exclamei.
Não sabia se tinha tomado a decisão correta, mas não havia tempo para ponderar. Era um dia de vida ou os telefones, e era óbvio que minha vida vinha em primeiro lugar.
— Tá bom — disse o Diabo, se divertindo com a situação toda.
— Ah...
Naquele momento, me dei conta de que não tinha ligado para meu pai. Bem, mas não era de estranhar.

Já havia feito quatro anos da morte da minha mãe e, desde então, eu não havia falado com ele. Ouvi dizer que ele continuava tocando a pequena relojoaria na cidade vizinha, mas nunca pensei em visitá-lo. Porém, apesar de tudo, eu provavelmente deveria informar ao meu pai que estava prestes a morrer.

Aloha, talvez percebendo minha hesitação, disse com um sorriso sarcástico:

— Entendo. É assim com todo mundo. Quando chega o momento de fazer algo desaparecer, pensam muito sobre o assunto. Então sempre dou a todos uma oportunidade.

— Uma oportunidade?

— Isso! A pessoa tem direito a usar o objeto uma última vez antes de ele sumir.

— Entendi.

— Então você pode ligar para quem quiser.

Ao ouvir isso, fiquei igualmente perplexo. Pensei em telefonar para meu pai, mas, ao mesmo tempo, ao imaginar o rosto dele, a lembrança de um fato ocorrido quatro anos antes retornou à minha memória. Não tinha por que ligar para ele; afinal, do que falaríamos depois de tanto tempo?

Mas para quem eu deveria fazer minha última ligação? Para meu melhor amigo de infância, o K? Com certeza, K era uma pessoa legal e nos víamos sempre que a rotina permitia, mas, desde que havíamos nos conhecido, só falávamos de amenidades. Se eu lhe dissesse do nada que ia morrer, ou que os telefones estavam prestes a desaparecer e que seria a última vez que eu ligaria para ele, ele pensaria que eu tinha enlouquecido. Detestaria desperdiçar minha última ligação com alguém que não iria acreditar em mim. Por isso, descartei essa ideia.

E o W, meu colega de profissão? Ele era sempre muito simpático e estava sempre disposto a dar conselhos sobre vários assuntos, tal qual um irmão mais velho... mas devia estar ocupado, e eu não queria incomodá-lo. Diante da minha relutância, de repente não me pareceu que ele fosse a pessoa certa para receber meu último telefonema. Para começar, nunca havíamos falado de assuntos realmente importantes. A única circunstância em que fazíamos isso era quando estávamos a uma mesa de bar, impulsionados pelo álcool — eu era um tipo fraco e ficava bêbado com apenas uma cerveja —, mas, se alguém perguntasse o cerne dessas conversas, eu não saberia responder. No fim das contas, não conversávamos sobre nada muito relevante ou profundo.

Essa situação estava ficando cada vez mais difícil!

Rolei velozmente a lista de contatos do meu celular. Os nomes apareciam e desapareciam, fora de foco. Minha lista de contatos estava cheia de pessoas que eu conhecia, mas com quem não tinha nenhuma grande intimidade a ponto de telefonar para elas. No fim da minha vida, eu não tinha ninguém com quem valesse a pena conversar, e me dei conta de que tinha estabelecido apenas relacionamentos tênues e fugazes. Foi muito triste perceber isso àquela altura do campeonato.

Não queria que Aloha soubesse como me sentia, por isso saí do apartamento e me sentei na escada. Segurei o celular com força e, de repente, um número me veio à mente, o telefone *daquela* pessoa. Eu havia esquecido completamente, mas meu corpo se lembrava. Disquei o número devagar, que não estava salvo na lista de contatos.

Quando retornei depois de alguns minutos de ligação, encontrei Aloha brincando com meu gatinho. Na verdade, eles estavam rolando pelo chão, entusiasmados com uma luta de mentirinha e se divertindo à beça.

— Ha-ha-ha! Hi-hi-hi! Pare! Pareeee! Ha-ha-ha! — dizia Aloha.

Decidi ficar observando em silêncio durante algum tempo. E então, alguns minutos depois, Aloha notou minha presença.

— Ah! Você voltou...

Ele enfim reparou em meu olhar de julgamento e se levantou, envergonhado, virando-se para mim com uma expressão séria.

— Já acabou...? — perguntou ele.

Ah, não adianta disfarçar... Como assim o Diabo gosta de gatos?, pensei. Depois de julgá-lo em silêncio, por fim respondi:

— Sim, acabei.

— Beleza, então vou fazê-lo sumir.

Aloha sorriu alegremente e piscou para mim — mas foi meio engraçado, pois ele parecia não saber dar uma piscadela direito.

De repente, percebi que o celular havia desaparecido da minha mão.

— Até amanhã! — disse Aloha. E, quando ergui o olhar, ele não estava mais lá.

— Miau! — Apenas o miado solitário ecoou pela casa.

Tenho que me encontrar com ela, aquela para quem telefonei, pensei. Quando dei por mim, havia caído num sono profundo. E assim começaram meus misteriosos sete dias.

TERÇA-FEIRA:
Se os telefones desaparecessem do mundo

Meu companheiro, aquele com quem compartilhava meus dias, era um gato.

Você já ouviu falar daquela história de Natsume Sōseki, *Eu sou um gato*, em que o felino não tinha nome? Essa era uma situação meio parecida, apesar de não ser exatamente a mesma coisa. O nome do meu era Repolho. Talvez vocês não conheçam a história, então me permitam refletir um pouco sobre minhas memórias ao lado de Repolho.

Quando eu tinha cinco anos, de repente, num dia de tempestade, mamãe voltou para casa com um gato que encontrou na rua. Ele tinha sido deixado na beira da estrada; então, na volta do supermercado, mamãe encontrou o pobrezinho encharcado, dentro de uma caixa de papelão usada para transportar alface da província de Nagano. Depois de secá-lo com uma toalha, ela resolveu chamá-lo de Alface.

Minha mãe tinha aversão a animais e, no início, sequer conseguia tocar no Alface; por isso, durante algum tempo, ajudei-a a cuidar do gatinho. Somado a isso, mamãe também desenvolveu alergia a gatos e não conseguia parar de espirrar, e passou um mês assim. Mas nunca quis se livrar do gato.

"Não posso abandoná-lo. Ele me escolheu", dizia ela, então limpava o rosto e continuava ao lado dele.

Certo dia, um mês depois, a alergia a gatos dela sumiu. Pode ter sido um milagre, ou seu corpo se adaptou. De qualquer modo, um dia ela ficou livre de todos os sintomas. Às vezes, eu ainda me lembrava de como Alface grudara nela naquele dia e nunca mais saíra do seu lado.

Para ganhar alguma coisa, é necessário perder algo. Isso era um fato, dizia ela. As pessoas tentavam ganhar algo sem perder nada, mas isso não passava de um ato de egoísmo. Minha mãe costumava falar que existia uma lei do universo que determinava o seguinte: quando alguém ganhava alguma coisa, outra pessoa perdia, por isso a felicidade de uma pessoa dependia da infelicidade de outra.

Alface viveu onze anos e, no fim de sua vida, desenvolveu um tumor, perdeu peso rapidamente e passou a dormir o tempo todo, acabando por falecer. Desde o dia que Alface partiu, minha mãe — que era alegre, gostava de cozinhar, lavar roupa e falava muito — não tinha vontade de fazer mais nada. Ficava em casa, não cozinhava nem lavava roupas, e chorava toda hora. Eu não tive alternativa a não ser realizar os afazeres domésticos. Quanto à comida, eu levava minha mãe para comer fora, num restaurante do bairro. Naquela época, provamos tudo o que havia no cardápio.

Um mês depois, ela apareceu em casa com um gato que tinha encontrado na rua, como se isso fosse algo corriqueiro. O gatinho era idêntico ao Alface. Era rechonchudo, seu pelo tinha uma maravilhosa sobreposição de preto, branco e cinza e, pela similaridade com nosso outro gatinho, resolvemos dar a ele o nome de Repolho. Mamãe, quando o viu enroladinho, riu e disse: "Parece mesmo um repolho." Nesse dia, eu a vi sorrir pela primeira vez em muito tempo, e isso me fez chorar. Na verdade, as lágrimas transbordaram de mim como um rio, rolando sem parar. Durante muito tempo, fiquei preocupado pensando que mamãe havia partido deste mundo e nunca mais voltaria.

Mas, há quatro anos, ela partiu mesmo. *Que coincidência eu ter a mesma doença de Alface*, dissera ela com um riso fraco. Tal como Alface, ela perdeu peso rapidamente e, em seus últimos dias, ficou acamada e, por fim, morreu.

"Toma conta do Repolho, está bem?", pediu ela.

Entendeu agora? Por isso não podia acontecer uma coisa dessas comigo. Eu não podia morrer antes do Repolho. Tinha certeza de que ela estava chocada lá no céu, me xingando e dizendo:

— Se eu soubesse disso, teria deixado o gato com outra pessoa.

Quando me dei conta, havia amanhecido. Tinha sonhado com minha mãe pela primeira vez em muito tempo.

Repolho se aproximou e me cumprimentou com um "miau". Aproveitei para abraçá-lo e sentir a fofura e o calor de seu corpinho na palma das minhas mãos, apreciando o fato de estar vivo. Sim, eu havia ganhado um dia de vida em troca de fazer os telefones desaparecerem. De repente, me perguntei quanto do que aconteceu ontem foi real — podia tanto ser verdade quanto um sonho. Mas não encontrei meu celular, que costumava ficar na mesinha de cabeceira. Além disso, a febre parecia ter baixado e a dor de cabeça, ido embora. Levando isso em consideração, talvez o trato com o Diabo tenha sido real.

Os telefones desapareceram do mundo. Pensando bem, essa era a coisa que eu mais queria fazer sumir. Sobretudo nos últimos tempos, quando mexia no celular desde o momento em que acordava até a hora de dormir. Lia menos livros, não lia mais jornal e a lista de filmes aos quais queria assistir só aumentava. Quando entrava no trem, já pegava o celular. Mesmo enquanto via um filme, acabava mexendo no aparelho. Durante as refeições, na pausa para o almoço, não conseguia largá-lo. Até quando estava com Repolho, em vez de brincar com ele, ficava preso àquela telinha. Estava farto de ser controlado por aquela coisa.

O celular, que nada mais era que um telefone móvel, dominou a raça humana em apenas vinte anos. Assim, desde a sua invenção, uma coisa que não era necessária havia se apoderado das pessoas como se fosse algo indispensável. Ao inventar o aparelho, o ser humano criara também a ansiedade de não possuir um.

Mas talvez tivesse acontecido a mesma coisa quando do surgimento da carta. Afinal, foi assim também com a internet. Sempre que a humanidade criava algo, perdia alguma coisa. É, se for parar para pensar, até que fazia sentido que Deus tivesse aceitado a sugestão do Diabo.

Quem foi a última pessoa para quem telefonei? Não estava muito a fim de falar, mas tudo bem: foi para meu primeiro amor. Minha primeira namorada. Apesar disso, não me considerava piegas. Diziam que a maioria dos homens, quando estava à beira da morte, recordava seu primeiro amor. Então eu só estava dentro do padrão.

Aos poucos, acordei com o sol da manhã e preparei algo para comer enquanto ouvia o rádio. Fiz café, ovo frito e torrada, e cortei um tomate em rodelas para acompanhar. Depois que terminei de comer, peguei mais uma xícara de café e comecei a ler um livro. Ah, a vida sem celular era uma maravilha! Sentia que finalmente tinha tempo para fazer outras coisas.

O horário do almoço se aproximava. Então fechei o livro, vesti uma muda de roupa limpa — preta e branca, óbvio — e saí de casa, pois iria me encontrar com ela. Deixando o prédio, segui para a barbearia aonde sempre ia. Sabia muito bem que era ridículo cortar o cabelo quando estava prestes a morrer; não riam de mim por querer me arrumar para encontrar minha ex-namorada. Após passar na barbearia e depois na ótica para mudar os óculos, me dirigi à parada do ônibus elétrico — o trólebus — mais próxima. Entrei no primeiro que passou, cheio de passageiros, provavelmente por ainda ser horário de pico.

Geralmente, todos os passageiros estariam mexendo no celular. Mas naquele dia foi diferente. Todos aproveitavam seu tempo livre lendo um livro, ouvindo música, olhando a paisagem pela janela e coisas do tipo. Havia uma expressão alegre no rosto de todos. Afinal, por que as pessoas ficavam tão sérias quando olhavam para o celular? Ao observar a calmaria e satisfação geral, senti que tinha feito algo maravilhoso pelo mundo, além de ter ganhado mais um dia de vida.

Mas será mesmo que todos os telefones haviam desaparecido? Olhei pela janela e vi que ainda havia um número de telefone na placa do restaurante de *soba*, que ficava na esquina da rua do comércio — sabia que Repolho saía às escondidas e passava lá para ganhar *katsuobushi*, flocos secos de peixe bonito, do dono do restaurante. Dentro do ônibus, havia anúncios de empresas de telefonia por todo lado, mas nenhum passageiro estava mexendo no celular. O que aquilo significava?

De repente, eu me lembrei do mangá *Doraemon*.

Na história, o protagonista Nobi Nobita ficou zangado com os pais, como de costume, e reclamou da vida para Doraemon: "Queria que parassem de pegar no meu pé e me deixassem em paz!" Então Doraemon tirou de seu bolso tetradimensional uma ferramenta chamada *Ishikoro-bôshi*, o chapéu-pedregulho.

De acordo com Doraemon, "ao usar esse chapéu, a pessoa passa a ser como uma pedra na estrada", ou seja, passava despercebida por todos, embora continuasse ali. Na história, Nobita colocou o chapéu com entusiasmo e desfrutou da paz de não ser incomodado por algum tempo. No entanto, aos poucos, começou a se sentir só; mas por alguma razão o chapéu continuou preso em sua cabeça, o que o fez desatar a chorar. Em contato com as lágrimas, o chapéu inchou e Nobita finalmente conseguiu tirá-lo e ser notado pelos pais. Ao fim da história, Nobita afirmou: "É bom demais ter pessoas que se preocupam com a gente."

Bem, parecia que eu tinha fugido muito do assunto, mas toda essa reflexão serviu para contextualizar a seguinte conclusão a que cheguei: o sistema elaborado por Aloha funcionava da mesma forma que o *Ishikoro-bôshi*. Ou seja, os telefones não desapareceram de fato do mundo, as pessoas só não os notavam mais, pois estavam em um transe coletivo. Então, na verdade, o Diabo estava dando uma de Doraemon.

Provavelmente os telefones iriam desaparecer ao longo dos anos, de forma gradual, como uma pedra na rua que desaparecia sem que ninguém desse por ela. Parando para pensar, as outras cento e sete pessoas que conheceram Aloha antes de mim haviam feito alguma coisa sumir; nós só não reparamos nisso. Tal como acontecia quando nossa caneca favorita ou par de meias recém-comprado desapareciam e, por mais que procurássemos, não conseguíamos encontrar. Talvez essas coisas estivessem sumindo justamente por esse motivo, sem que ninguém percebesse.

O ônibus subiu e desceu duas colinas e chegou à cidade vizinha, onde desembarquei na parada em frente a uma grande praça. Me dirigi ao ponto de encontro e vi a torre do relógio no centro da praça, onde costumava me encontrar com minha ex na época da faculdade. Uma rotatória circundava a torre, e nas proximidades havia restaurantes, livrarias e lojas de quinquilharias.

Vi que ainda tinha quinze minutos até a hora marcada. Em geral, eu mataria o tempo mexendo no celular, mas, em vez disso, tirei um livro do bolso para ler enquanto aguardava. O horário que havíamos marcado por fim chegou e, no entanto, ela não apareceu. Trinta minutos depois, ela ainda não havia chegado. Comecei a me preocupar com o atraso e, como por impulso, procurei o celular. Eu o havia feito desaparecer! Bem, eu podia ter confundido o local ou a hora marcada — afinal, tinha ligado para ela no meio de um pacto com o Diabo e estava transtornado. Então era muito provável que eu tivesse me confundido.

— Ai, que saco! — resmunguei baixinho.

Achei que tinha me libertado do celular, mas na verdade continuava precisando dele. Bem, não havia nada que eu pudesse fazer, então continuei a esperá-la, tremendo de frio.

Pensando bem, eu costumava dizer "Ai, que saco!" o tempo todo quando estava com minha ex. Na época, ela tinha vindo de uma cidade grande para cursar filosofia na universidade dessa cidadezinha interiorana, e passou a morar sozinha numa casa que tinha um ventilador, um aquecedor portátil e muitos livros. Enquanto todos usavam celular, ela era a única que não tinha um — sequer tinha telefone fixo em casa. Então ela sempre me ligava de telefones públicos; quando eu via a identificação TELEFONE PÚBLICO na tela do celular, meu corpo era tomado por um sentimento de felicidade que me fazia flutuar, e eu me apressava para atender — mesmo que estivesse em aula ou no trabalho — e falar com ela.

Odiava quando eu perdia uma ligação. Sempre que acontecia, ficava olhando para o histórico de chamadas recebidas, triste e impotente. Afinal, não dava para ligar de volta, pois ela não estaria mais perto do telefone. Naquela época, eu costumava ter pesadelos com um telefone público que tocava sem parar e nunca havia alguém por perto para atendê-lo. Com o passar do tempo, comecei a dormir abraçado ao celular para não perder as chamadas dela. Segurando o aparelho próximo a mim, sentia seu calor como se fosse o calor do corpo dela, e, quando dava por mim, já estava num sono profundo. Depois de seis meses de namoro, enfim a convenci a ter um telefone fixo — e ela instalou um de disco.

"Consegui de graça", contou ela, orgulhosa, e discou os números fazendo aquele barulho típico.

Liguei tantas vezes para aquele telefone que acabei memorizando o número. Era estranho, pois não me lembrava de nenhum dos muitos contatos no meu celular — fosse de meu melhor amigo, de meus colegas de trabalho ou mesmo de meus pais. Todos os meus relacionamentos dependiam de um aparelhinho. Ao refletir sobre isso, ficava muito evidente que o celular tinha feito algo terrível com as pessoas, tornando-as reféns. No dia anterior, enquanto tentava me lembrar de algum número, o dela foi o único que me veio à mente, de uma forma tão natural que parecia fazer parte de mim. No fim das contas, só precisei da minha memória e do laço que criara com o ritual de ligar para ela.

Já haviam se passado sete anos desde que tínhamos terminado, mas eu precisava perguntar algo a ela. Durante a ligação, ela contou que trabalhava no cinema e que estaria de folga no dia seguinte. Agradeci ao universo pela coincidência e combinei de me encontrar com ela.

"Até amanhã!", disse ela, e desligou. Sua voz continuava a mesma e, de repente, senti como se tivesse sido transportado para a época da faculdade.

Após uma hora de espera, quando já parecia que meus pés estavam congelados no chão, ela surgiu no horizonte, correndo esbaforida. Não havia mudado nadinha. Continuava usando o mesmo estilo de roupas, e sua corridinha era a mesma de sempre. A única coisa diferente era seu cabelo: antigamente à altura dos ombros, passou a ser curtinho. Ela me encarou e, notando minha palidez, perguntou com preocupação:

— O que aconteceu? Você está bem?

Fiquei meio desolado por ela dizer "Você está bem?" em vez de "Como está a vida?" ou "Há quanto tempo!", já que não nos víamos fazia tanto tempo.

Depois que começamos a conversar, percebi que eu tinha confundido a hora marcada e chegado mais de uma hora antes do combinado.

— Ai, que saco! — exclamei.
— Que foi?
— Talvez eu morra em breve — confessei.

Então, sentados em uma cafeteria, contei a ela o momento difícil que eu estava vivendo.

Ela ficou em silêncio por um tempo, bebericando seu chocolate calmamente. Por fim, me encarou e disse:

— Ah, é mesmo?

Fiquei boquiaberto com sua indiferença. Esperava pelo menos um "Por quê? O que aconteceu?", um "Me fale se houver alguma coisa que eu possa fazer!", ou até um choro silencioso. Aquela reação tinha deixado a desejar. Mas, se for parar para pensar, eu mesmo fiquei muito calmo diante da revelação de que não tinha muito mais tempo de vida. Se para mim pareceu surreal, não era de surpreender que as outras pessoas não ficassem em choque, aflitas ou tristes perante aquela informação. Por que esperávamos dos outros algo que nós mesmos não faríamos? Será que eu queria que ela ficasse abalada ou triste?

— Mas o que aconteceu? Foi algo tão repentino...
— Acabei de descobrir que estou com câncer.
— Ah, que terrível... Mas você não parece nada triste. Talvez as pessoas fiquem assim quando estão prestes a morrer.

Não podia nem contar que minha vida estava sendo prolongada graças ao Diabo. Ninguém iria querer que seu primeiro amor pensasse que, à beira da morte, ele havia enlouquecido. Além do mais, eu tinha vindo com a intenção de falar sobre outra coisa.

— Então...
— O quê?
— Como posso morrer em breve, queria saber mais coisas sobre mim mesmo.
— Ah, é?
— Bem, acho que preciso entender melhor o significado da minha existência.
— Ah, faz sentido...
— Pois é! Enfim, queria falar sobre nós. Quer dizer, sobre a nossa história. Tenho muitas memórias daquela época, mas queria saber das coisas do seu ponto de vista. Podem ser coisinhas aleatórias — falei rapidamente e tomei de uma só vez meu café já morno.

Ela começou a pensar, murmurando que preferiria ter sido avisada disso com antecedência. O clima ficou meio estranho depois, então fui ao banheiro, fiz minhas necessidades demoradamente e retornei para a mesa. Assim que voltei, ela falou:

— Você ia muito ao banheiro. E sempre demorava demais, principalmente para um homem.

Não entendi nada! Além disso, ela nunca tinha mencionado nada sobre isso. Mas, pensando bem, realmente sempre fui muito ao banheiro, e o tempo que levava era longo. No banheiro, eu entrava em outro mundo, fazendo minhas necessidades devagar e lavando as mãos. Ela, em contrapartida, quase nunca ia ao banheiro, e, quando íamos a banheiros públicos, ela sempre saía primeiro e ficava me esperando.

— E você suspirava o tempo todo... Sempre achei que devia ter muitos problemas.

— Sério?

— Você não bebia muito, porque não aguentava beber.

— Foi mal...

— Espera, tem mais. Mesmo sendo homem, você nunca sabia o que pedir quando íamos a restaurantes. Acabava sempre pedindo o prato de curry. E, quando eu ficava com raiva, você se chateava e demorava a voltar ao normal.

Depois de falar tudo aquilo, ela voltou a tomar seu chocolate quente com uma expressão satisfeita. Argh, seria *aquela* história que eu ouviria bem no fim da minha vida? Minha existência tivera *algum* significado? Sequer valera a pena? Todas essas perguntas giravam na minha cabeça. Aquilo era algo bastante insensível de se dizer. Então era assim que ela se lembrava do homem que um dia amara? Bem, talvez não fosse tão incomum assim. As mulheres eram sempre rancorosas e frias quando se tratava dos homens de seu passado. Tinha que ser isso. Ou pelo menos era ao que eu me agarrava.

— Ah, mais uma coisa... — retomou ela. — Você falava muito ao telefone, mas, quando estávamos juntos, como agora, você não dava um pio.

Talvez isso fosse verdade. Naquela época, falávamos durante duas ou três horas ao telefone. Por vezes, conversávamos por chamada durante oito horas, apesar de estarmos a apenas trinta minutos a pé um do outro, e muitas vezes ríamos e dizíamos que seria melhor conversar pessoalmente. Mas não era bem assim. Quando nos encontrávamos, nunca tínhamos muito a dizer. Falar ao telefone criava uma intimidade ímpar, mesmo que não estivéssemos cara a cara, e isso nos fazia falar de tudo um pouco.

De qualquer forma, a visão que ela tinha de mim parecia meio negativa. Eu merecia um pouco mais de gentileza, principalmente quando estava prestes a morrer. Mesmo estando chateado, resolvi tentar entender o ponto de vista dela.

— Olha, você ficou comigo durante três anos e meio... e aguentou todas essas coisas das quais está reclamando.

— Bem, sim. Mas...

— Mas o quê?

— Eu gostava dos seus telefonemas. Gostava de você, da maneira como falava de músicas e livros. Só de ouvir você, de repente parecia que o mundo era um lugar maravilhoso. Gostava mesmo de você, talvez até te amasse. Mesmo que nunca falasse nada quando nos víamos.

— Sim, você tem razão. Os telefonemas... eu também sentia que as coisas eram muito melhores só de ouvir sua voz enquanto você falava de filmes.

Depois disso, engatamos numa conversa sobre amenidades e pessoas da faculdade: o carinha magricela que tinha engordado, a garota chata e grossa que havia se casado logo após a formatura e tido quatro filhos, e assim por diante.

Enquanto conversávamos, a noite caiu, então a acompanhei até sua casa. Ela morava em um quarto logo acima do cinema onde trabalhava.

— Então você se casou mesmo com o cinema — declarei.

— Ah, não! Pare com isso — replicou ela, sorrindo.

— Como está seu pai? — perguntou ela enquanto caminhávamos vagarosamente pelos paralelepípedos da rua.

— Hum... Não faço ideia.

— Ainda não fizeram as pazes?

— Não o vejo desde que minha mãe morreu.

— Sua mãe sempre dizia que queria que vocês dois se dessem bem.

— Bem, acho que nunca conseguimos atender às expectativas dela.

Eu a havia levado para conhecer meus pais quando tínhamos cerca de seis meses de namoro. Meu pai ficou na loja dele, mas minha mãe gostou muito dela, serviu bolo, fez comida e depois serviu mais bolo, e não quis que ela fosse embora. Na época, minha mãe revelou a ela que sempre quis ter uma filha, pois só havia tido irmãos homens, e até Alface e Repolho eram machos. Depois disso, elas começaram a sair juntas com frequência.

— Sua mãe era uma pessoa muito especial — disse ela sorrindo.

— Por quê?

— Quando inauguravam um restaurante novo, ela ficava toda animada e me convidava para conhecer o lugar. Também me ensinou a cozinhar. E até íamos juntas ao salão de beleza.

— Iam? Não fazia ideia!

Minha mãe morreu três anos depois do término do meu namoro. No velório, minha ex chorava e tremia sem parar, abraçada a Repolho até o fim de tudo. Deve ter sentido pena do coitadinho, que parecia terrivelmente confuso e perambulava pela casa. Depois que nós nos separamos, minha mãe continuou a dizer que ela era uma boa pessoa. Quando a vi chorar abraçada a Repolho, enfim entendi o que minha mãe queria dizer quando afirmava aquilo.

— O Repolho está bem? — perguntou ela.

— Está, sim.

— O que você vai fazer com ele? Quem vai tomar conta dele quando você morrer?

— Estou pensando em deixar com alguém.

— Entendi. Se você não encontrar ninguém, me avise.

— Obrigado.

Ao final de uma ladeira íngreme, o letreiro luminoso do cinema surgiu. Depois de tanto tempo, o prédio dava a impressão de ter encolhido. Antigamente, ele parecia muito maior e mais colorido. Na torre do relógio, fiquei com a mesma sensação enquanto observava tudo — a imobiliária, os restaurantes, as escolas preparatórias, a floricultura... Além da reforma do supermercado, pouca coisa havia mudado. Mas eu sentia que a cidade estava bem menor, quase uma miniatura. Ela tinha encolhido, ou minha visão de mundo se expandira?

— Queria perguntar uma coisa... — murmurei.

— Que coisa?

— O que você acha que nos fez terminar o namoro?

— Por que você quer falar disso agora?

— Bem, acho que foi por um motivo específico, mas não me lembro mais.

Na verdade, estava planejando perguntar isso a ela esse tempo todo. Talvez tivéssemos ficado entediados ou o amor tivesse chegado ao fim, mas não conseguia me lembrar, por mais que tentasse, do que de fato havia levado à nossa separação.

— Você se lembra? — indaguei.

Ela ficou em silêncio por um tempo, mas, de repente, virou-se para mim e perguntou:

— Qual é minha comida preferida?

Que pergunta aleatória. Fiquei em silêncio por alguns segundos.

— Humm, deixa eu pensar. Camarão à milanesa, certo?

— Errou! É tempurá de milho.

Ok, quase acertei, só mirei na comida frita errada. Mas aonde ela queria chegar com aquilo?

— Qual é meu animal favorito?

— Ah, hum...

— Macaco-japonês — revelou ela. — Qual é minha bebida favorita?

Qual era mesmo? Não consegui me lembrar de jeito nenhum.

— Chocolate — disse ela. — Tomei um na cafeteria onde nos encontramos. Esqueceu?

Ok, estava começando a me lembrar. Ela adorava tempurá de milho e, quando ele estava na época, pedia sempre e dizia que era sua comida preferida. Quando íamos ao zoológico, ela nunca deixava de ver os macacos. E tomava chocolate quente o tempo todo, mesmo no verão. Eu não tinha me esquecido completamente daquelas coisas, só não conseguia me lembrar naquele exato momento. Depois que terminamos, apaguei todas as memórias dela.

Certa vez, ouvi dizer que as pessoas precisavam esquecer o passado para seguir em frente e construir novas memórias. Por outro lado... com a morte batendo à minha porta, eu havia começado a recordar coisas triviais.

— Bem, é natural esquecer as coisas. Pelo menos é o esperado. Nós nos separamos por uma razão semelhante. Não vale a pena recordar todos os detalhes.

— Não sei...

— Bem, se você quer mesmo saber, a única razão que me vem à mente é aquela viagem em comemoração à formatura.

— Ah, a viagem a Buenos Aires... Isso me traz tantas recordações.

Na época da faculdade, nunca saíamos da cidade. Mesmo nossos encontros eram sempre lá, como se estivéssemos presos a um jogo de Banco Imobiliário e não pudéssemos fazer nada além de andar em círculos. Ainda assim, nunca ficávamos entediados. Depois da aula, nos encontrávamos na biblioteca da universidade, assistíamos a um filme no cinema, conversávamos tranquilamente na nossa cafeteria favorita e depois transávamos na casa dela. Às vezes, ela preparava a comida e saíamos para fazer um piquenique no lugar que tinha a melhor visão da cidade, e isso nos bastava. É difícil de acreditar, mas, naquela época, o tamanho da cidade era ideal para nós.

Ficamos juntos por três anos e meio e, durante esse tempo, viajamos apenas uma vez para o exterior, e nosso destino foi Buenos Aires, na Argentina. Essa foi nossa primeira e última viagem juntos. Naquela época, estávamos obcecados por um filme de um diretor de Hong Kong que se passava em Buenos Aires, então decidimos viajar para lá nas nossas últimas férias da faculdade. Depois de um voo de vinte e seis horas numa companhia aérea americana barata — estava um frio de rachar e a comida era horrível —, chegamos ao nosso destino.

No Aeroporto Internacional de Ezeiza, pegamos um táxi meio estranho e seguimos para o hotel, que ficava no centro da cidade, onde caímos na cama, mas o sono não vinha. O jet lag tinha nos acertado em cheio; afinal, estávamos do outro lado do mundo. Então desistimos de dormir e fomos passear pela cidade.

O som do bandoneón ecoava pelas ruas, e pessoas dançavam tango no chão de paralelepípedos. Admirando o céu com nuvens baixas de Buenos Aires, seguimos para o cemitério da Recoleta. Passeando pelo labirinto de lápides, procuramos o túmulo de Eva Perón. Depois, almoçamos numa cafeteria enquanto ouvíamos as melodias de tango que um ancião tocava na guitarra.

Ao entardecer, pegamos um ônibus e fomos para o bairro de La Boca. Após uma caminhada de cerca de trinta minutos pelas ruas estreitas, a paisagem urbana colorida finalmente surgiu. As casas de madeira pintadas de azul-celeste, amarelo-mostarda, verde-esmeralda e salmão alinhavam-se nas vielas. Enquanto passeávamos, as cores reluziam sob o sol poente, o que fazia as casas parecerem de boneca. Ao cair da noite, fomos a La Ventana, um espetáculo de tango localizado em San Telmo. Lá, fomos transportados para outra dimensão pelo calor da dança.

Nos dias que se seguiram, vagueamos pelas ruas de Buenos Aires inebriados pela paixão que pairava na cidade. No hotel, conhecemos um sujeito chamado Tom — que, apesar do nome, também era japonês. Aos vinte e nove anos, tinha se demitido de uma agência de publicidade para se aventurar pelo mundo.

À noite, íamos com ele ao supermercado mais próximo comprar vinho, carne e queijo para comer na sala de jantar compartilhada e conversar até tarde. Durante essas noites, Tom nos contou várias coisas sobre os diversos países que visitara, como as vacas sagradas na Índia, os pequenos monges no Tibete, a Mesquita Azul de Istambul, as noites brancas em Helsinque e o mar sem fim em Lisboa. Tom bebia sem parar e, mesmo muito bêbado, continuava a falar.

"Há muita crueldade neste mundo. Mas também há várias coisas belas", disse ele certa vez.

Para nós, que vivíamos em uma cidade pequena, aquelas histórias eram impossíveis de imaginar. Mas Tom não via problema nisso e continuava nos descrevendo suas incontáveis aventuras, às vezes rindo, às vezes chorando. Lá estávamos nós, do outro lado do mundo, conversando sem parar.

Certo dia, quando o fim de nossa viagem se aproximava, Tom simplesmente sumiu. Nós o esperamos por horas, tomando vinho. Na manhã seguinte, soubemos que ele tinha morrido: estava a caminho da estátua do Cristo Redentor de Los Andes, na fronteira da Argentina com o Chile, quando o ônibus em que viajava caiu de um penhasco. Nada daquilo parecia real; só podia ser mentira. Para mim, Tom entraria a qualquer momento na sala de jantar com uma garrafa de vinho, dizendo "Vamos beber!". Mas ele não apareceu. Passamos o dia atordoados, sem saber o que fazer.

Em nosso último dia, fomos às Cataratas do Iguaçu, a trinta minutos de carro do aeroporto. Após duas horas de caminhada, chegamos à Garganta do Diabo, o ponto mais alto das cataratas, que aparecia no filme que nos fez querer visitar a Argentina. Lá, a água caía com um furor espetacular, uma força natural que nos mostrava o poder da natureza em seu ápice.

Então me dei conta de que minha namorada estava chorando e gritando, bem ao meu lado. Mas, por mais alto que o fizesse, seu choro e seus gritos eram abafados pelo som da queda-d'água.

Naquele momento, finalmente entendi que Tom havia morrido e que eu nunca mais o veria. Já não poderíamos conversar até tarde, nem beber ou comer juntos. Foi a primeira vez que precisamos lidar com a morte tão de perto. Ali, naquele lugar onde a impotência do ser humano era tão evidente, ela chorava sem parar. De mãos atadas, eu continuava a olhar estupefato para a água branca e cheia de espuma que caía e seguia seu ciclo infinito.

Depois voltamos para o Japão e, durante a viagem, não trocamos uma palavra sequer. *Falamos demais em Buenos Aires?*, pensei. Não, não era isso. Não conseguíamos achar as palavras certas. Estávamos tão próximos, mas não éramos capazes de exprimir nossos sentimentos e pensamentos. Então sofremos no mais absoluto silêncio.

Ao longo daquelas vinte e seis horas de viagem, ambos pressentíamos o fim da nossa relação, assim como, no início, sabíamos que ficaríamos juntos. Foi muito estranho. Não suportando as longas horas de silêncio no avião, folheei o guia de turismo para me distrair. Nele, havia fotografias de uma majestosa cordilheira. Da montanha Aconcágua — a mais alta da América do Sul — erguendo-se sobre a fronteira entre a Argentina e o Chile. Na página seguinte, havia uma imagem da estátua do Cristo Redentor de Los Andes se erguendo sobre uma montanha escarpada. Eu me perguntei se Tom chegara a ver a estátua ou se morrera antes.

De repente, comecei a imaginar a cena: após sair do ônibus, Tom admirou do pico da montanha o vasto território lá embaixo. Ao olhar para trás, viu a sombra de uma grande cruz e ergueu os olhos para a enorme estátua do Cristo Redentor de Los Andes de braços abertos, deslumbrado pela bela figura que cintilava à luz do sol.

Ao pensar nisso, meus olhos se encheram de lágrimas e, não suportando mais a dor, passei a espiar pela janela do avião. Do lado de fora, o oceano cheio de icebergs estendia-se no horizonte. Tingido de roxo pelo pôr do sol, o mar de gelo proporcionava uma vista bela e cruel.

Quando finalmente chegamos à nossa cidadezinha de Banco Imobiliário, nos despedimos.

"Até amanhã", disse ela ao sair da estação e seguir ladeira abaixo.

Em silêncio, eu a observei se afastar, sempre com uma postura perfeita. Na semana seguinte, terminamos o namoro por telefone numa ligação que durou cinco minutos. Foi como um procedimento no cartório — uma conversa curta e estava tudo acabado. Ao longo do nosso relacionamento, tínhamos falado ao telefone por mais de mil horas, e, naquele momento, levamos meros cinco minutos para dar um fim a tudo. Que loucura!

Com o telefone, tínhamos a praticidade de conversar onde e quando quiséssemos, porém, em contrapartida, perdíamos a chance de nos conhecer profundamente, de nos tornar realmente próximos. O telefone havia nos privado da experiência de passar tempo de qualidade um com o outro e criar memórias e laços duradouros, e eventualmente nossos sentimentos deixaram de existir. Na época, minha conta de telefone registrava mais de vinte horas de chamadas e totalizava doze mil ienes. Nem ao menos lembrava se tínhamos conversado sobre os custos por ligação e se valia a pena gastar tanto. Parando para pensar, eu me perguntava quanto pagara por cada palavra.

O telefone havia nos possibilitado conversar por horas a fio, mas isso não garantia que tivéssemos conversas profundas e importantes. Quando deixamos nossa cidade de Banco Imobiliário e pisamos no mundo real, acabamos percebendo que as regras às quais estávamos acostumados — que eram a única coisa que possibilitava que funcionássemos bem naquela época e lugar específicos — não valiam mais.

O amor entre nós já tinha acabado, e estávamos apenas continuando com o jogo, seguindo todas as regras. Mas bastaram alguns dias em Buenos Aires para que enfim nos déssemos conta de que aquelas regras haviam perdido o sentido. Apesar disso, a dor da separação me atingiu com força. Ainda pensava que, se estivéssemos com celulares no avião, poderíamos ter conversado sobre nossos sentimentos e talvez assim não tivéssemos terminado. Afinal, apesar de a partida de Banco Imobiliário ter chegado ao fim, podíamos continuar juntos e tentar um novo jogo.

Imaginava como seria se tivesse sido assim. No avião, em algum momento das vinte e seis horas, Deus nos emprestaria celulares e ligaríamos um para o outro, apesar de estarmos lado a lado.

"No que está pensando?", eu perguntaria a ela.
"No que *você* está pensando?", ela questionaria.
"Estou triste."
"Eu também."
"Estou pensando em você."
"Também estou pensando em você."
"O que vamos fazer daqui pra frente?"
"Não sei. O que devemos fazer?"
"Só quero ir pra casa."
"Eu também."
"Mas o que vamos fazer quando voltarmos?"
"Sei lá."
"Que tal morarmos juntos?"
"Talvez seja uma boa ideia."
"Podemos tomar um café quando chegarmos."
"E chocolate."

Se ao menos tivéssemos celulares à mão, poderíamos ter conversado durante todo o voo. Tudo bem se fosse apenas uma conversa banal. Só precisávamos falar um com o outro e mostrar que nos importávamos. Mas não havia nenhum.

Mesmo depois de tanto tempo, de vez em quando eu me lembrava do pequeno sorriso em seu rosto ao se despedir de mim no aeroporto. Aquela imagem ficou gravada no fundo da minha mente como uma ferida, que doía em dias de chuva. Mas, pensando bem, havia muitas dessas pequenas feridas que não me abandonavam. Talvez fosse isso que chamavam de arrependimento.

— Hoje...
Sua voz de repente me trouxe de volta à realidade, e percebi que havíamos chegado ao cinema.
— O quê?
— Desculpa, falei um monte de coisas horríveis.
— Não, nada disso! Achei engraçado.
— É que tínhamos feito uma promessa...
— Como assim?
— Esqueceu de novo — disse ela. — Tínhamos combinado que, se terminássemos, diríamos tudo de que não gostávamos um no outro.

Verdade. Nós tínhamos mesmo prometido aquilo. Achávamos que isso poderia nos ensinar alguma lição sobre o amor e sobre relacionamentos. Afinal, estávamos em constante evolução e precisávamos aprender com nossos erros. Mas, na época, não havíamos imaginado que um dia iríamos nos separar.

— Bem, finalmente consegui falar sobre todas as coisas das quais não gostava, e antes de você morrer!
— Ela riu, alegre.

— Obrigado por cumprir nossa promessa. Mas não era bem o que eu queria ouvir agora que estou à beira da morte — repliquei, rindo.

Quando começamos a namorar, nunca pensei que nosso relacionamento chegaria ao fim. Achava que seríamos felizes para sempre; mas, óbvio, a vida não funcionava assim. Com o tempo a paixão deixou de ser recíproca e o amor acabou, e isso fazia parte da existência. Talvez a vida, no geral, funcionasse dessa maneira, e as pessoas continuassem vivendo mesmo sabendo que um dia não estariam mais aqui. Tal como o amor, a vida era maravilhosa justamente porque tinha um fim.

— Você vai morrer em breve, não vai? — perguntou ela, abrindo a porta pesada do cinema.

— Falando assim, parece até que é uma coisa corriqueira.

— Bem, pensei em assistirmos ao seu filme favorito uma última vez.

— Sério? Obrigado.

— Ok, apareça aqui às nove da noite amanhã, depois que o cinema fechar. Não se esqueça de trazer seu filme preferido.

— Pode deixar.

— Ah, uma última pergunta...

— Mais uma?

— Qual é meu lugar favorito?

Qual era mesmo? Droga, não conseguia me lembrar de jeito nenhum.

— Ok, você não se lembra disso também. Esse vai ser seu dever de casa! Traga a resposta amanhã — disse ela, fechando a porta. Através do vidro, se despediu:
— Até mais.
— Até! — repliquei.
A rua estava tomada pela escuridão da noite. Durante um bom tempo, observei o prédio do cinema com parede de tijolos aparentes, iluminado pelas luzes vermelhas e verdes do letreiro.
Que dia estranho!
Os telefones haviam desaparecido. Mas no que isso me afetara? Bem, havia confiado minhas memórias e relações humanas ao celular e, quando ele de repente sumiu, a ansiedade tomou conta. Além disso, havia perdido a praticidade e o conforto que ele me proporcionava. Sem o aparelho, a espera na torre do relógio fora muito mais solitária e estressante do que eu havia imaginado. Com a invenção do telefone e do celular, o medo de se desencontrar com alguém deixou de existir. Sem ele, a incerteza do encontro e a frustração da espera, somadas àquele frio congelante, se misturaram dentro de mim.
Então, de repente, me lembrei da resposta à pergunta dela. *O lugar preferido dela é esse cinema.* Ela dizia isso o tempo todo. Afirmava que o cinema estava sempre à sua espera, com um assento reservado para ela, e que se sentia completa lá. Com a resposta na ponta da língua, procurei o celular para falar com

ela, mas não o encontrei. Ah, verdade, ele havia desaparecido. Frustrado, lamentei não poder dizer a ela a resposta imediatamente.

Parei de caminhar, ergui a cabeça e olhei para o cinema. Foi então que me dei conta: aquela era a mesma sensação que eu tinha na época da faculdade, quando esperava pelo telefonema dela. O sentimento de frustração por não podermos dizer algo a alguém de imediato era precisamente o momento em que esse alguém não saía da nossa cabeça. Tal como as pessoas costumavam esperar ansiosas pela carta da outra enquanto se correspondiam, pensando na reação da pessoa ao ler o conteúdo. Presentes eram assim também. A coisa em si não tinha significado algum, e sim o tempo que passávamos escolhendo o item e imaginando a alegria no rosto da outra pessoa que o receberia.

De repente, lembrei-me das palavras de minha mãe: "Para ganhar alguma coisa, é necessário perder algo." Foi naquele dia, quando a alergia dela foi embora. Disse isso num tom delicado, mas com convicção, enquanto acariciava Alface, que dormia enroladinho em seu colo.

Observando o prédio do cinema, pensei em minha ex. As palavras dela recaíram sobre mim, insuportáveis. *Você vai morrer em breve, não vai?*

De repente, o lado direito da minha cabeça começou a doer. Meu peito apertou, e eu não conseguia mais respirar. Um frio terrível apoderou-se de mim e eu não parava de tremer e bater os dentes. *Ia mesmo morrer? Não, por favor, não queria morrer.* Sem conseguir continuar de pé, me agachei onde estava.

De repente, ouvi minha própria voz atrás de mim.

— Não quero morrer!

Assustado, me virei para ver quem era. E lá estava Aloha.

— Te peguei! Você tinha que ver a cara que fez!

No frio congelante, Aloha era o único de camisa havaiana, short e óculos escuros no topo da cabeça. Dessa vez, a camisa tinha estampa de golfinhos e pranchas de surf. Ele poderia, pelo menos, se vestir direito, né? O sangue me subiu à cabeça, mas não podia me dar ao luxo de ficar zangado.

— Namorando, hein? Que inveja! Observei vocês o dia todo, e pareciam estar se divertindo.

— De onde você estava nos espionando? — perguntei, suando frio.

— Lá de cima — respondeu Aloha, apontando para o céu.

Nossa, não suportava mais aquele imbecil.

— Mas, falando sério — retomou ele —, você ainda não quer morrer, né? Parece estar muito apegado à vida.

— Bem...

— Está mesmo! E deve estar gritando por dentro que não quer morrer. Todo mundo é assim.

Era frustrante, mas eu tinha que admitir que ele estava certo. Porém, para ser sincero, não era que eu não quisesse morrer. Só não suportava o medo de encarar a morte.

— Então, o próximo objeto! Já decidi o que vou fazer desaparecer.

— O quê?

— Aí, ó! — Aloha apontou para o cinema. — O que acha de fazer os filmes sumirem, em troca da sua vida?

— Os filmes... — murmurei, olhando vagamente para o prédio, minha visão cada vez mais turva.

O cinema ao qual ela e eu íamos quase todos os dias e onde havíamos assistido a incontáveis filmes. Coroas, cavalos, palhaços, naves espaciais, cartolas, metralhadoras, mulheres nuas — fragmentos de várias cenas de filmes passaram pela minha mente, um após o outro. Os palhaços riam, as naves espaciais dançavam, e os cavalos começaram a falar. Era um pesadelo.

— Socorro! — murmurei, mal me fazendo ouvir, e desmaiei.

QUARTA-FEIRA:
Se os filmes desaparecessem do mundo

Em meu sonho, um homem diz para mim:
— A vida é uma tragédia vista de perto, mas uma comédia vista de longe.

Ele usa cartola, um fraque bem folgado e tem uma bengala nas mãos, que gira sem parar. Aquela frase sempre mexera comigo. Nas condições em que eu estava, ela me atingiu com ainda mais força. Quis dizer a ele como me sentia, mas não encontrei as palavras. Então, o homem continuou a falar:

— Existe uma coisa que é tão inevitável quanto a morte: viver.

Ele tinha razão. Só me dei conta disso quando pensei que iria morrer. A morte e a vida tinham o mesmo peso. Mas, naquele momento, minha balança estava desequilibrada, pendendo para um dos lados: a morte. Até então, achava que estava vivendo da melhor forma possível; mas, de repente, tudo que me restava eram arrependimentos, e o peso avassalador da morte tomava cada vez mais conta da minha vida. O homem de fraque, talvez por adivinhar meus pensamentos, aproximou-se de mim enquanto mexia no próprio bigode.

— Não adianta ficar procurando um sentido para a sua existência. É lindo e maravilhoso estar vivo. Até as águas-vivas têm uma razão para existir.

Devia ser isso mesmo. Tinha que ser. Tudo tinha um sentido em si — até uma água-viva, uma pedrinha na estrada ou um apêndice. Mas, se isso fosse verdade, meu ato de fazer algo sumir do mundo não era um pecado grave? Com o sentido da minha vida incerto, talvez eu valesse menos que uma água-viva.

O homenzinho se aproximava cada vez mais, e foi então que consegui vê-lo atentamente. Era o inconfundível Charlie Chaplin! Tão perto de mim, ele cobriu o rosto com a cartola e, em seguida, soltou um barulho parecido com um miado. De repente, ele não era mais um homem, e sim um gato.

★

Espantado, levantei da cama num pulo, um grito preso na garganta. Ainda assustado, encarei meu relógio de pulso — o ponteiro marcava nove horas da manhã. Encolhido sobre meu travesseiro, Repolho miava ansiosamente. Acariciei-o com ternura, sentindo seu pelo macio e quentinho, um toque felpudo... *isso* é que era a vida.

Minha cabeça finalmente começou a funcionar, e aos poucos me lembrei do que havia acontecido na noite anterior. Tinha desmaiado em frente ao cinema, tremendo de frio e zonzo, mas não me lembrava de nada além disso. Senti uma ligeira dor de cabeça e febre.

— Ei, ei, ei! O que está acontecendo aqui? Que exagero! — Ouvi minha voz vindo da cozinha.

Bem... não era eu, era o Diabo.

— Foi só um sintoma do resfriado, cara... Me poupe!

— Do resfriado? Como assim?

A camisa vermelha dele era tão chamativa que ofuscava minha visão.

— Como eu falei, foi coisa do resfriado. Mas deu muito trabalho carregar você até aqui, e olha que eu sou o Diabo!

Aloha encheu uma xícara com água quente, colocou mel e limão, e então misturou tudo com uma colher.

— Você ficou tão mal que pensei que já ia morrer...

Com uma expressão de desaprovação, ele pôs a xícara na mesinha de cabeceira.

— Desculpa.

Tomei devagar a bebida agridoce e saborosa.

— Até agora, nunca falhei em prolongar a vida de alguém. Se eu fizer besteira, Deus vai ficar zangado comigo!

— Vou me cuidar daqui em diante...

— Você não está em posição de fazer promessas para o futuro. Não se esqueça disso!

Aquilo era bastante injusto, mas eu não tinha o que fazer. Minha vida estava nas mãos do Diabo.

Repolho se afastou soltando um miado. Pelo visto até o gato estava abismado com aquilo.

— E aí, o que você quer fazer? — perguntou Aloha, vendo que eu terminara a bebida.

— Hã?

— Não se faça de desentendido! O que você vai fazer desaparecer do mundo?

— Ah, isso...

— A próxima coisa da lista são os filmes.

— Ah, é...

— E aí, vamos fazê-los sumir? Ou você vai dar pra trás?

Se os filmes desaparecessem do mundo...

Imaginei tal cenário com apreensão — isso causaria um grande problema. Eu perderia meu passatempo! Sabia que àquela altura eu não deveria me apegar a esse tipo de coisa, mas seria triste demais não poder mais ver filmes; além disso, ficava com pena de me desfazer da enorme quantidade de DVDs que comprara ao longo dos anos. Havia acabado de adquirir um box *Blu-ray* do Stanley Kubrick e de *Star Wars*. Mas o que eu poderia fazer? Minha vida dependia disso. Literalmente.

— Anda, decide logo! — Aloha me pressionava.

Mas era uma questão muito importante, então levei um tempo refletindo.

— Olha... tem que ser os filmes mesmo?

— Sim!

— Não tem outra opção?

— Bem, vamos ver...

Que tal as músicas?, pensei.

Minha loja de discos favorita tinha como lema SEM MÚSICA NÃO HÁ VIDA. Mas que dilema! Será que poderíamos viver num mundo sem música? Eu acreditava que sim. Mesmo que não fosse possível ouvir nosso Chopin favorito num dia de chuva, sozinhos em casa, seríamos capazes de sobreviver; afinal, existiam outras coisas que poderíamos fazer. Se num dia ensolarado não tivéssemos mais Bob Marley para escutar, por mais que as coisas não fossem mais as mesmas, poderíamos aprender a viver dessa forma. Mesmo que eu adorasse ouvir Beatles enquanto andava de bicicleta em alta velocidade, entregando cartas, iria seguir com minha vida e meu trabalho. E, mesmo que fosse doloroso abrir mão de escutar Bill Evans enquanto voltava para casa à noite, eu faria isso sem problema nenhum.

Primeira conclusão: SEM MÚSICA, MAS COM MINHA VIDA.

Eu poderia viver sem música, mesmo que isso fizesse com que eu me sentisse solitário.

SEM CAFÉ NÃO HÁ VIDA! SEM HQS NÃO HÁ VIDA!

Ok, isso foi só para efeitos de comparação; talvez tivesse me empolgado um pouco. Mas, óbvio, a vida continuaria mesmo que o café ou as HQs desaparecessem. Com certeza eu conseguiria viver sem o *caffè latte* do Starbucks e, embora fosse difícil dizer adeus a *Akira*, *Doraemon* e *Slam Dunk*, eu trocaria tudo isso pela minha vida. Óbvio que odiaria perder coisas como minha coleção de bonequinhos, tênis, bonés, Pepsi Cola e sorvete Häagen-Dazs, mas não seria o fim do mundo. Minha vida vinha em primeiro lugar. Assim, resolvi me desfazer de todos esses objetos no meu mundo imaginário, já me preparando psicologicamente.

Segunda conclusão: as únicas coisas das quais os seres humanos realmente precisavam para sobreviver eram água, comida e um teto. Então a maioria das coisas que existiam não eram de fato importantes.

Os filmes haviam me acompanhado durante toda a minha vida. Caso sumissem, seria como se uma parte de mim tivesse desaparecido também?

Havia uma fala de *Matrix* da qual eu sempre me lembrava: "Há uma diferença entre conhecer o caminho e percorrê-lo." Tendo isso em vista, cheguei à conclusão de que o fenômeno do desaparecimento de algo no mundo e a realidade disso eram duas coisas bem diferentes. Não se tratava apenas de um objeto que de repente deixaria de existir; a vida ia muito além disso. Apesar de provavelmente ninguém perceber, pelo menos não de primeira, caso isso acontecesse, com certeza mudaria toda a existência humana. Esse pensamento me deixava de coração partido. Minha ex-namorada e tantas outras pessoas no mundo amavam cinema... e eu ia tirar isso de todos eles. Tal decisão seria um fardo muito grande.

Mas e eu? Era minha vida ou o cinema. No fim das contas, pelo menos para mim, minha vida era mais importante. Afinal, se eu morresse, não teria como desfrutar do prazer de assistir a filmes nem poderia partilhar sua beleza com minha ex ou qualquer outra pessoa. Então era isso: ia fazer os filmes desaparecerem.

Certa vez, assisti a um filme em que o protagonista dizia: "Muitas pessoas no mundo querem vender a alma para o Diabo. O problema é que não tem muitos Diabos dispostos a comprá-la." Bem, óbvio que isso era uma grande mentira, pois o Diabo estava ali, na minha casa, disposto a comprar minha alma. Jamais imaginei que isso aconteceria.

— Parece que você já decidiu — disse Aloha com um sorriso malicioso.

— Sim...

— Ok, você já conhece as regras. Escolha um último filme para assistir.

Beleza, ainda poderia desfrutar da sétima arte uma última vez! Mas, na verdade, decidir qual ver foi uma dor de cabeça. Não conseguia fazer aquilo. De repente, eu me lembrei da voz da minha ex-namorada, anunciando o que me esperava: "Bem, pensei em assistirmos ao seu filme favorito uma última vez."

Em todo caso, de todos os filmes que eu adorava, qual deveria escolher para assistir à beira da morte? Eis a grande questão. Rever algum ou escolher um que nunca tinha visto? Já havia lido em revistas e visto na TV pessoas que eram confrontadas com questões parecidas, precisando escolher qual seria sua última refeição ou o que desejava levar consigo para uma ilha deserta. Bem, estar no lugar de quem precisava decidir era *terrível*. E no meu caso era ainda pior, pois estava numa posição em que não poderia me recusar a escolher, já que minha vida dependia disso.

— Essa parece ser uma decisão difícil para você... É compreensível. Você adora filmes, não é?

— Sim...

— Bem, nesse caso vou permitir que reflita um pouco mais. Metade do dia, que tal? E, não se esqueça, vai ser o último filme da sua vida!

Angustiado, decidi visitar Tsutaya. Não, não era a locadora Tsutaya, e sim meu amigo, que tinha esse apelido. Como não sabia o que fazer, achei que seria uma boa ideia ir vê-lo, já que ele trabalhava na locadora de vídeo do meu bairro — afinal, ele conhecia tudo quanto era filme, por isso era chamado de Tsutaya.

Ele trabalhava na locadora do bairro fazia mais de dez anos, e era bem provável que tivesse passado a maior parte de sua vida lá, e a outra parte vendo filmes. Basicamente, vivia em função do cinema — um verdadeiro cinéfilo.

Tsutaya e eu havíamos nos conhecido na primavera do sétimo ano do ensino fundamental, quando passamos a estudar na mesma turma. Na época, mesmo após duas semanas de aula, ele não conversava com ninguém, fosse no intervalo ou durante as aulas, sempre no cantinho da sala e evitando fazer contato visual. Certo dia, eu o forcei a falar comigo, e depois disso nos tornamos amigos. Não lembrava bem por que tinha falado com ele na época. Mas acreditava que havia apenas duas circunstâncias em que uma pessoa atraía tanto a nossa atenção, apesar de ser tão diferente da gente: quando nos sentíamos romântica e sexualmente atraídos por ela e queríamos namorá-la — que, no meu caso, só aconteceria se fosse uma mulher —, ou quando nos tornávamos melhores amigos dela.

Havia algum tipo de magnetismo que me levava a Tsutaya. Quando dei por mim já estava conversando com ele e, num piscar de olhos, havíamos nos tornado melhores amigos. No entanto, mesmo depois de nos aproximarmos, Tsutaya continuava falando pouco e só me encarava às vezes. Mesmo assim, eu gostava muito da nossa amizade. Ele ficava em silêncio a maior parte do tempo, mas, quando começava a falar de filmes, de repente desatava a tagarelar com um brilho no olhar. Foi assim que percebi que as pessoas transbordavam de emoção e felicidade quando falavam de algo que genuinamente amavam.

Na época da escola, Tsutaya me indicava excelentes filmes. Ele me apresentou aos mais diversos gêneros, desde dramas japoneses do tempo dos samurais a filmes de ficção científica de Hollywood, passando pela *Nouvelle Vague* francesa e por filmes independentes asiáticos.

"Não dá para negar quando um filme é bom", dizia Tsutaya.

Ele conhecia mais do que ninguém tudo que havia para se saber dos filmes, tipo, a que gênero pertenciam, quando haviam sido feitos, de que país eram, quem eram os atores e diretores etc. Em última análise, ele acreditava que um filme era bom e pronto, não importando de que época ou país fosse.

Por pura coincidência, acabamos ficando na mesma turma durante o ensino médio. Então, após seis anos ouvindo Tsutaya falar de filmes com tanta paixão, estava convicto de que me tornara um entusiasta ou até um cinéfilo. Porém, comparativamente a pessoas como Tsutaya, a maioria dos ditos conhecedores e fãs de cinema não o era de fato — e eu provavelmente tinha que me incluir nessa galera. Em meio a todos os falsos fãs, Tsutaya era um autêntico cinéfilo. Mas isso não significava que eu queria ser como ele. Sem ofensas ao meu amigo, óbvio!

Em oito minutos de caminhada, cheguei à locadora onde ele trabalhava. Como de costume, Tsutaya estava atrás do balcão. Sua figura parecia uma estátua de Buda sentada num templo, talvez por estar sempre naquele mesmo lugar. Vendo a cena do lado de fora, parecia que a loja e o número infinito de DVDs tinha crescido em volta de Tsutaya, com ele fixo no meio.

— Tsutaya! — chamei-o ao passar pelas portas automáticas.

— O-olá, quan-quanto tempo! O-o-o que o traz aqui?

Apesar de não ser uma estátua de Buda, Tsutaya não me olhava nos olhos, mesmo já adulto.

— Olha, eu sei que é meio do nada... mas não tenho muito tempo, então vou dizer de uma vez.

— O-o-o que aconteceu?

— Estou com um câncer terminal.

— Co-como assim?

— Posso morrer, tipo, amanhã.

— *O-o-o quê?*

— Por isso, tenho que decidir agora mesmo qual será o último filme que vou ver.

— O-o quê, mas como assim?

— Tsutaya, por favor... preciso da sua ajuda. Você me ajuda a escolher?

A expressão dele mostrava quanto estava perdido diante do acontecimento repentino e da importante função a ele atribuída. Bem, era de esperar. *Desculpa, Tsutaya.*

— É s-sério?

— Infelizmente, sim.

Tsutaya fechou os olhos. Ele parecia estar desolado — ou talvez estivesse apenas pensando. Então, abrindo os olhos, suspirou ruidosamente e levantou-se para olhar as opções. Ele sempre fora assim: ajudava qualquer pessoa com dedicação sem nem questionar.

Ficamos olhando para as prateleiras repletas de DVDs e *Blu-rays*, inúmeros títulos passando diante de nossos olhos. Enquanto os via, considerando que essa seria a última vez que escolheria um para assistir, as falas e cenas dos meus filmes favoritos me vinham à memória uma atrás da outra.

"Tudo que acontece na vida pode acontecer num show", assim cantava Jack Buchanan no musical *A Roda da Fortuna.*

Perguntei-me se o que estava acontecendo na minha vida também poderia acontecer num filme: de repente, meu personagem era diagnosticado com câncer terminal, e então o Diabo aparecia — de camisa havaiana — e propunha prolongar minha vida em troca de fazer alguma coisa desaparecer do mundo. Não, ninguém pensaria num filme assim! Afinal, a realidade era mais estranha que a ficção.

Tsutaya perambulava entre os filmes estrangeiros e eu o seguia. E lá estava o *Homem-Aranha* e seu protagonista, Peter Parker, que certa vez escutara: "Com grandes poderes vêm grandes responsabilidades." No fundo, eu me via na mesma situação: precisava fazer algo desaparecer para continuar vivendo, e óbvio que isso vinha acompanhado de uma grande responsabilidade, que envolvia riscos, grandes dilemas e estresses. Tendo feito um pacto com o Diabo, entendia bem a situação do Homem-Aranha. O que eu deveria fazer? Ainda não tinha tomado uma decisão, mas esperava que estar cercado de filmes me ajudasse.

"Que a Força esteja com você." Valeu, *Star Wars*. Valeu, Cavaleiros Jedi.

"Eu voltarei." Sim, *O Exterminador do Futuro*... eu também queria voltar.

"Eu sou o rei do mundo!" Calma lá, DiCaprio. Você não sabia de nada.

"A vida é bela!" Mas que mentira!

De repente, ouvi uma voz atrás de mim.

— Nã-não pense muito a respeito, apenas sinta! — exclamou Tsutaya para mim, que tinha entrado no mundo da lua. Nas mãos, trazia uma cópia de *Operação Dragão*. — Nã-não pense, apenas sinta!

— Obrigado, Tsutaya. Bruce Lee é ótimo, mas me parece meio estranho *esse* ser meu último filme — afirmei, rindo de tal sugestão.

Billy Crystal, de *Harry e Sally – Feitos Um Para O Outro*, afirmara: "Quando compro um livro, leio primeiro a última página. Seria triste morrer antes de terminar a leitura." Isso me atingiu com força enquanto olhava as prateleiras, sabendo que iria morrer sem poder ver a maioria daqueles filmes. Era impossível não pensar nos filmes que não tinha visto, nas comidas que não havia experimentado, nas músicas que não escutara... Isso tudo me causava um grande arrependimento. Naquela situação, o que mais me angustiava era o futuro que não poderia viver depois que morresse. Era um sentimento estranho. Mas, no fim das contas, nenhuma daquelas coisas importava de fato — assim como os filmes, que em breve ele faria sumir.

Por fim, nos vimos diante da prateleira onde ficavam os filmes de Chaplin.

— A vida é uma tragédia vista de perto, mas uma comédia vista de longe — murmurei, me lembrando do sonho que tivera com Chaplin.

— *Lu-Luzes da Ribalta*, não é? — indagou Tsutaya. Ele não deixava passar nada!

Naquele filme, o palhaço representado por Chaplin tentava impedir que uma bailarina, que tivera os sonhos frustrados, se suicidasse. "É lindo e maravilhoso estar vivo. Até as águas-vivas têm uma razão para existir", dizia ele. E estava certo. Até a existência das águas-vivas tinha um sentido. Então, seguindo essa lógica, tudo tinha uma razão para existir: os filmes, as músicas, o café etc. Na verdade, todas as coisas consideradas desimportantes eram as mais importantes do mundo. Afinal, tudo aquilo constituía o ser humano em sua existência e individualidade; eu, por exemplo, considerava que muitos dos filmes aos quais assistira e as memórias ligadas a eles faziam parte de mim.

E eram tantas as coisas! Afinal, viver demandava muito: chorar, gritar, se apaixonar... ficar triste *e* alegre, rir, sentir náuseas... passar por acontecimentos terríveis, ouvir belas músicas, admirar lindas paisagens, escutar outras pessoas cantando, observar aviões a jato cortando o céu, ver cavalos trotando, comer panquecas deliciosas, pensar na infinitude do cosmos, assistir a histórias de caubóis com armas...

E, naquele caso, filmes que passaram a morar em mim e que me fizeram construir memórias com namoradas, amigos e familiares ao vê-los junto com eles. E outras inúmeras lembranças de filmes que me moldaram, tão belos que enchiam meus olhos de lágrimas. Todos eles estavam interligados em mim, como as contas de um terço, entrelaçados pelos desesperos e esperanças humanos. Não era difícil perceber que todas as supostas coincidências da vida na verdade levavam a uma grande inevitabilidade.

— Ok, já sei qual vai ser.

— Be-bem, acho que isso é tu-tudo, né? — indaga Tsutaya, me entregando o *Luzes da Ribalta*.
— Obrigado.
— Não sei o que vai acontecer depois, mas...
— Que foi?
Percebi que Tsutaya estava chorando, cabisbaixo como quando era adolescente, derramando um mar de lágrimas. Ao ver isso, por alguma razão me lembrei da imagem de Tsutaya sentado junto à janela da sala de aula, parecendo muito solitário. Naquele dia, senti que ele tinha me dado forças só por existir e ser ele mesmo. Ele fazia apenas o que queria e no seu ritmo, sem se importar com o julgamento dos outros. Então, ver aquilo tudo, sua autenticidade... me fez sentir que ficaria tudo bem. Naquela época, eu não me importava muito com as coisas no geral.

Apesar de não saber disso quando mais jovem, não era ele que precisava de mim, e sim o contrário. De repente, todos os sentimentos que eu estava reprimindo vieram à tona e comecei a chorar.

— Obrigado — consegui dizer.
Tsutaya, em meio às lágrimas, replicou:

— Nã-não quero que vo-você morra. Q-quero que continue vi-vivo!

— Não chore, Tsutaya. Não é tão ruim assim. Já dizia *A Lenda do Pianista do Mar*: vivi ótimas histórias e tenho com quem compartilhá-las. E, para mim, você é essa pessoa. Estar aqui me faz saber que a vida ainda não acabou.

— O-Obrigado — disse ele, e continuou a chorar em silêncio.

Ao chegar ao cinema, minha ex-namorada me recebeu.

— Conseguiu escolher? — perguntou ela logo de cara.

— Ah, é este aqui.

Entreguei a ela o filme.

— Ah, *Luzes da Ribalta*... Entendo. É uma boa escolha.

Ela abriu a embalagem do DVD, e o que vi me chocou. Não tinha nada dentro! A caixinha estava *vazia*. A locadora tinha um sistema antigo de empréstimo de DVDs, alugando os discos na própria embalagem. Assim, de vez em quando aconteciam erros como aquele. Mas numa hora dessas?!

Meu Deus, Tsutaya, que tragédia!

De repente, eu me lembrei de *Forrest Gump – O Contador de Histórias*, mais especificamente de uma fala da mãe do protagonista: "A vida é como uma caixa

de bombons. Você nunca sabe o que vai encontrar."
Bem, ela estava certa. Minha vida tinha sido bem assim. Era uma tragédia quando a olhávamos de perto, mas uma comédia quando víamos de longe.

— O que faremos? Tenho alguns rolos de filmes aqui...

Refleti durante um bom tempo e cheguei a uma conclusão, uma que eu já sabia desde o início. A que filme assistir no fim da minha vida? A resposta era muito simples.

Entrei na sala de exibição e me sentei no lugar de sempre: terceira cadeira à direita, na quarta fileira a contar do fundo.

— Vamos começar! — exclamou ela da sala de projeção.

Então a luz foi projetada no telão. Entretanto, via-se um espaço em branco. Apenas uma luz branca retangular iluminava a tela.

Eu não havia escolhido nada.

E enquanto olhava para a tela vazia, lembrava-me de uma fotografia que tinha visto tempos atrás: a imagem de um cinema que mostrava o público e a tela a partir da sala de projeção. Abrindo o obturador da câmera no início do filme e fechando-o ao fim, a fotografia capturou o filme inteiro, um longa-metragem de duas horas.

Por ter absorvido a luz de todas as cenas do filme, a fotografia mostrava somente um retângulo branco.

Talvez minha vida fosse assim. Se fosse um filme, seria uma tragicomédia. Mas, caso fosse registrado numa fotografia, o que restaria seria uma tela em branco. Apesar de tantas alegrias e tristezas, minha vida seria como uma tela de cinema em branco.

Quando revíamos um filme depois de muito tempo, ele podia parecer diferente. Naturalmente, não era que ele tinha mudado. Mas, na verdade, nós que havíamos.

Se minha vida fosse um filme, eu com certeza a veria a partir de uma ótica totalmente diversa. As cenas que eu antes detestava se tornariam encantadoras, as tristes virariam motivo de riso, e esqueceria as que adorava sem que me desse conta.

De repente, me vieram à mente as boas memórias na companhia dos meus pais.

Quando eu tinha três anos, eles me levaram ao cinema pela primeira vez para assistir a *E.T. – O Extraterrestre*. Durante a sessão, a sala estava escura, o som era alto e havia cheiro de pipoca no ar. Sentamos todos juntos numa fileira, meu pai à minha direita e minha mãe, à minha esquerda. Eu estava entre meus pais no cinema escuro, olhando amedrontado para a tela e querendo fugir, então não me lembrava da maior parte do filme depois.

A única cena que recordava com nitidez era a em que a bicicleta do garotinho Elliot, com o E.T. na cestinha, começava a voar. Ainda me lembrava de ter sido dominado por uma emoção avassaladora, que me fez querer gritar e chorar. No fim das contas, era para isso que os filmes serviam — para nos emocionar. Durante aquela cena, segurei a mão de meu pai com força, sentindo seu aperto em resposta.

Alguns anos atrás, uma versão digitalmente remasterizada do filme foi exibida na TV durante a madrugada. Na ocasião, pensei em desligar, pois não gostava dos constantes intervalos para os comerciais; mas, assim que comecei a ver, acabei hipnotizado pela história. Haviam se passado vinte e cinco anos desde a primeira vez que o vira, mas não consegui segurar as lágrimas naquela cena.

Não fiquei comovido como quando tinha três anos. Depois de tanto tempo, já sabia que humanos não podiam voar. E, das pessoas que o tinham visto comigo, não via nem falava com meu pai havia anos, e minha mãe já não estava neste mundo. Também sabia que aquele momento nunca mais voltaria. Ao pensar no que ganhara e perdera depois de crescer, as ideias e os sentimentos que nunca mais voltaria a ter, fiquei profundamente triste e não consegui parar de chorar.

Sozinho no cinema, olhando para a tela em branco, comecei a divagar. Se minha vida fosse um filme, seria uma comédia, um suspense ou um drama? Bem, com certeza não seria um romance.

Em seus últimos anos de vida, Chaplin disse: "Não fiz nenhuma obra-prima. Mas fiz as pessoas rirem. O que não é nada mal." Além disso, Federico Fellini certa vez declarou: "Falar sobre sonhos é como falar de filmes, uma vez que o cinema utiliza a linguagem dos sonhos." E ambos haviam nos presenteado com obras-primas que nos fizeram rir e sonhar, ficando para sempre em nossa memória. Apesar disso, quanto mais eu pensava a respeito, mais percebia que minha vida não tinha sido feita para se tornar um filme.

Olhando para a tela em branco, inventei meu próprio filme, em que eu era o diretor e a equipe e o elenco eram compostos pela minha família, pelas ex-namoradas e pelos amigos que haviam feito parte da minha vida.

A história começava trinta anos atrás, quando eu havia nascido. Ainda era um bebê, e meus pais sorriam para mim. Nossos parentes, que estavam nos visitando para me conhecer, me pegavam no colo, acenavam para mim e tocavam meu pequeno rosto. Depois, a cena mudou para quando eu já estava engatinhando e, com esforço, arriscando meus primeiros passos, meio vacilante. Sujeitos às mesmas esperanças e medos de todos os pais de primeira viagem, meus pais assumiram seus papéis com gosto, cuidando de mim, me alimentando e brincando comigo o máximo possível. Daria para imaginar um começo mais normal e saudável que esse? O início do filme da minha vida não poderia ser mais feliz!

Pouco a pouco comecei a crescer, passando por diferentes situações em que chorei, ri e senti raiva. Apesar de passarmos tanto tempo juntos, fui deixando de falar com meu pai, sem saber exatamente o que me levou a isso. Então, num belo dia, um gato chegou em nossa casa e demos a ele o nome de Alface. Felizes, minha mãe, Alface e eu aproveitamos ao máximo nossos momentos juntos. Mas, de repente, Alface faleceu e minha mãe também, as cenas mais trágicas do filme.

Sozinhos, Repolho e eu nos mudamos para um lugar só nosso, sem meu pai. Depois, comecei a trabalhar como carteiro, e esse momento mostrava apenas uma vida rotineira e cheia de tédio. Era uma série de cenas banais e diálogos fúteis, dignos de um filme de baixo orçamento. Além disso, o protagonista do filme — eu! — era um homem chato e desinteressante que não tinha nenhum objetivo na vida.

Se eu escrevesse o roteiro tal como tinha acontecido na minha vida, não seria uma história à qual valeria a pena assistir. Por isso, o roteiro teria que ser adaptado da forma mais pontual e dramática possível. Os cenários poderiam ser simples, mas iria fazê-los de modo a parecerem belos. Os adereços deveriam ser bonitos, mas o figurino podia ser apenas em preto e branco.

Todas as cenas eram tediosas e, por isso, eu teria que editá-las à medida que a história avançasse. Mas, se tirasse todas as partes chatas, sobrariam apenas cinco minutos, e isso não seria bom. Então tentei assistir ao filme sem cortes pelo máximo de tempo possível. As cenas desnecessárias eram longuíssimas. Por outro lado, aquelas das quais eu gostava eram cortadas nas melhores partes. Bem, minha vida tinha sido exatamente assim.

E ainda havia a trilha sonora. Deveria escolher uma bela melodia ao piano ou, talvez, algo magnífico e grandioso como uma orquestra? Ou quem sabe uma coisa leve e descontraída como uma música no violão? De qualquer forma, queria que pelo menos a música fosse animada, já que as cenas eram tristes!

Depois de todas essas etapas, o filme estava finalizado. Era uma história breve e trivial, que nunca se tornaria sucesso de bilheteria, pois teria um lançamento discreto e acabaria caindo no esquecimento. Talvez ficasse encalhado num canto de uma locadora de vídeo.

Então, a última cena terminou, a tela escureceu e os créditos subiram.

Se minha vida se tornasse um filme, eu iria querer que ele fosse memorável, por mais modesto que fosse. Que ele salvasse a vida de outras pessoas, que as impactasse e motivasse. Afinal, a vida continuava mesmo depois dos créditos. Esperava sinceramente que alguém se lembrasse de mim após minha partida.

★

Por fim, a sessão de duas horas havia terminado. Fora da sala de cinema, uma escuridão silenciosa reinava.

— Você está triste? — perguntou minha ex assim que saímos.

— Não sei — respondi.

— Está se sentindo mal?

— Não sei mesmo, desculpa.

Não sabia se estava triste porque ia morrer ou porque algo importante ia desaparecer do mundo.

— Quando estiver muito mal ou sentindo muita dor, pode me procurar — disse ela.

— Obrigado — repliquei e segui meu caminho.

— Espera aí! — gritou ela, chamando minha atenção. — Tenho mais uma pergunta para você!

— De novo?

— É a última, juro.

Ela chorava ao pronunciar as palavras. Ao ver sua expressão triste, senti vontade de chorar também.

— Bem, vou dar meu melhor para responder.

— Quando vejo um filme com final triste, sempre o revejo. Você lembra o porquê?

A resposta me veio imediatamente à mente. Era a única coisa que eu lembrava bem até demais. Algo que eu havia desejado durante toda aquela viagem de volta ao Japão. E que continuei a desejar por um bom tempo, mesmo depois de nosso término.

— Sim, lembro.

— Então responda.

— É porque você acha que, na segunda vez, talvez tenha um final feliz.

— Sim.

Então ela enxugou as lágrimas com a manga e acenou de um jeito exagerado.

— Que a Força esteja com você! — gritou ela.

— Eu voltarei! — Retribuí o aceno, segurando as lágrimas.

Quando cheguei em casa, encontrei um Aloha sorridente esperando por mim. Ele deu uma piscadela — que mais pareceu um semicerrar de olhos — e fez desaparecer os filmes. Quando aconteceu, eu estava pensando na minha mãe. Bem, não exatamente nela, mas num filme italiano de que ela gostava, cujo título era *A Estrada da Vida*. Era a história de um artista itinerante cruel chamado Zampanò e de uma moça tímida chamada Gelsomina, que fora comprada pelo homem para ser sua esposa e acompanhá-lo em sua vida nômade.

Zampanò parecia incapaz de tratar bem a esposa. No entanto, Gelsomina dedicou sua vida a ele, até ficar doente e ser abandonada pelo marido. Anos mais tarde, durante suas viagens, Zampanò chegou a uma cidade à beira-mar, onde conheceu uma mulher que cantarolava a mesma música que Gelsomina costumava cantar. E, então, ele descobriu que Gelsomina havia morrido e, apesar disso, sua canção permanecia viva. Ao ouvir novamente a melodia, Zampanò finalmente se deu conta de que a amava. E, caminhando pela praia, começou a chorar sua perda, embora isso não fosse trazê-la de volta. No fim das contas, ele percebeu que, embora a amasse, não conseguira tratá-la com amor e respeito.

"Só percebemos que uma coisa é realmente importante depois que a perdemos", minha mãe costumava dizer quando assistia a esse filme.

Era exatamente essa a minha situação. Estava profundamente triste por ter perdido algo de que gostava tanto. Quando por fim me dei conta da dura realidade, percebi que o cinema era muito importante para mim e que ele havia me moldado. Mas, ainda assim, minha vida era mais importante que isso.

Exultante, o Diabo me contou qual seria a próxima coisa que faria sumir. De saco cheio, apenas aceitei a oferta dele, sem pestanejar. Naquele momento, nem me passou pela cabeça que algo poderia acontecer com o Repolho.

QUINTA-FEIRA:
Se os relógios desaparecessem do mundo

Não dava para saber o porquê, mas coisas misteriosas costumavam acontecer em cadeia. Quando perdíamos nossas chaves, por exemplo, e acabávamos perdendo a carteira também, ou quando uma sequência milagrosa de *home runs* acontecia num jogo de beisebol, ou, ainda, quando diversos renomados ilustradores de mangá por acaso foram mortos no mesmo prédio — o Tokiwa-sō — nos anos 1960.

E eu, que havia sido diagnosticado com um câncer terminal, recebi uma visita do Diabo, fiz os telefones e os filmes desaparecerem... e, por fim, vi que meu adorável gato havia começado a falar:

— Vai dormir até quando?

Só podia ser um sonho...

— Levanta logo, senhor.

Era apenas um sonho...

— Vamos! Já passou da hora de acordar!

Mas então percebi que era verdade. *Era, sem dúvida, Repolho quem estava falando.* E, por alguma razão, ele falava de uma maneira muito formal. Vendo tudo aquilo, era difícil entender o que estava acontecendo.

— Você não está entendendo nada, né? — Aloha apareceu com seu sorriso de sempre.

Naquele dia, ele usava uma camisa havaiana azul-clara. Novamente, senti vontade de dizer a ele para usar roupas mais sérias. Mas ele, seguindo seu estilo extravagante, exibia aquela camisa com estampa de pirulitos gigantes e papagaios coloridos. Diante da miríade de cores, eu mal conseguia manter os olhos abertos, ainda mais tendo acabado de acordar.

— Ai, cara, por que você faz essas coisas comigo? Eu acordo e, de repente, meu gato não diz "miau", e sim "senhor"! — gritei, irritado.

— Nossa, parece que alguém acordou de mau humor... Bem, isso foi só um agradinho da minha parte.

— *Agradinho?*

— Aham. Achei que você se sentiria solitário depois de ficar sem celular e sem seus filmes favoritos, já que não teria com quem conversar nem algo com que se divertir. Então dei um empurrãozinho para seu gato começar a falar, para conversar um pouco com você e tal. Afinal de contas, eu sou o Diabo.

— Olha, achei estranho demais... Você pode desfazer isso?

— Ah...

Aloha ficou em silêncio.

— Falei alguma coisa que não devia...? — perguntei.

Mas ele nada disse.

— Hum, espero que isso não seja irreversível. Me diz que não é, por favor.

— Be-bem... não é irreversível, pode ficar tranquilo. Posso consertar isso... quer dizer, um dia volta ao normal! Sério. Mas só Deus sabe quando... Então, não tenho a menor ideia. Porque, como você sabe, eu não sou Deus... sou o Diabo.

Tive vontade de quebrar a cara dele, mas me contive e me enfiei na cama, estressado. Não queria levantar de jeito nenhum, não para ter que lidar com um mundo em que os filmes haviam desaparecido e os gatos *falavam*.

Então Repolho começou a pisar no meu rosto, seu jeitinho carinhoso de me despertar todas as manhãs — afinal, eu sempre enrolava para acordar. Certa vez, ouvi dizer que a onomatopeia "miau" se originara da palavra "ninar"; mas só podia ser mentira, pois, todos os dias, Repolho acordava bem cedinho para me perturbar.

— Se não levantar logo, vou ficar zangado, senhor! — gritou Repolho, em um tom lamentoso característico dos gatos.

— Tá bom, tá bom!

Decidi aceitar a realidade e, reunindo a pouca energia que me restava, levantei da cama num pulo.

— Ah, só para me certificar... você se lembra, certo? — indagou Aloha, quase cara a cara comigo.

— Hã? Do que você está falando?

— Da coisa que fizemos desaparecer. Não se faça de bobo!

Não fazia ideia do que tinha sido. O que havia sumido do mundo mesmo? Até então, tudo parecia igual.

— Desculpa, não me lembro. O que escolhemos?

— Ai, cara... Os relógios! Foram os relógios.

— Relógios?

— Isso mesmo. Hoje, fizemos os relógios sumirem.

Ah, exatamente. Tínhamos escolhido os relógios.

Se os relógios desaparecessem do mundo, o que aconteceria?

Pensei a respeito por um tempinho. A primeira coisa que me veio à mente foi meu pai e sua pequena relojoaria. A loja funcionava no andar térreo da casa onde morávamos; então, sempre que eu descia a escada, meu pai estava consertando relógios, as pequenas costas encurvadas, com uma única luminária de mesa ligada. Eu já não o via fazia quatro anos, mas tinha certeza de que ele continuava consertando relógios na sua modesta relojoaria, num cantinho daquela minúscula cidade.

Se os relógios desaparecessem, não haveria necessidade de existirem relojoarias. Então a lojinha e as habilidades de meu pai de repente seriam desnecessárias. Ao chegar a essa conclusão, me senti meio mal pelo que tinha feito. Mas será que os relógios haviam desaparecido do mundo mesmo? Era algo difícil de acreditar. Olhei à minha volta para confirmar, então percebi que meu relógio de pulso tinha sumido, e o pequeno despertador ao lado da cama também. Talvez fosse como no episódio dos telefones, e eu apenas não conseguisse mais vê-los; mas, para todos os efeitos, aparentemente os relógios haviam desaparecido mesmo.

Então caí na real — sem relógios, como teríamos noção de tempo? Quer dizer, parecia que era de manhã. Eu sentia que tinha dormido um pouco demais, por isso achei que deveriam ser umas onze da manhã. Mas, quando liguei a TV, a hora não apareceu na tela e eu não tinha mais como consultar o celular. Não fazia ideia de que horas eram.

Apesar disso, nada me parecia diferente. Mas como isso era possível? Ao contrário das outras vezes, aquilo não parecia ter me afetado, pelo menos não diretamente. Além da leve culpa que eu sentia em relação ao meu pai, minha vida continuava a mesma. Mas aquilo devia ter impactado o mundo de maneira imensurável, afinal, tudo girava em torno do tempo.

Colocando as coisas em perspectiva, era provável que as escolas, as empresas, os transportes coletivos, a bolsa de valores e outros serviços públicos estivessem mergulhados em caos. Mas, para mim, que vivia apenas com um gato, não fazia muita diferença. Os relógios pareciam irrelevantes. No fim das contas, continuávamos levando nossa vida como sempre, mesmo sem uma noção exata de tempo.

— Para que os relógios existiam, afinal? — perguntei a Aloha.

— Boa pergunta. Mas, olha, antes mesmo de os relógios serem inventados, só os seres humanos tinham noção de tempo.

— Hã? Como assim?

Percebendo minha confusão, Aloha explicou:

— Ok, olha só. O que os seres humanos chamam de tempo nada mais é que uma regrinha boba estabelecida por vocês mesmos. Óbvio que o ciclo do nascer e do pôr do sol realmente existe, pois é um fenômeno natural. Mas só a humanidade chama isso de tempo e determina horas, minutos, segundos...

— Ahhhh...

— Por causa disso, vocês veem o mundo de uma forma totalmente equivocada, estabelecendo regras sem pé nem cabeça só porque lhes convém. Então achei que seria interessante fazer as pessoas experimentarem viver num mundo onde o conceito arbitrário de tempo não existe.

— Ah, sim...

— Bem, por hoje é isso. Tenha um bom dia! Se bem que não existe mais essa coisa de "dia"...

Então Aloha desapareceu, sua despedida ainda pairando no ambiente.

Mesmo os acontecimentos de um período de cem anos poderiam ser resumidos em dez páginas num livro de história. Se bobear, poderiam ocupar uma única linha. Quando me dei conta de que a morte estava quase batendo à minha porta, decidi pensar o espaço de tempo de uma hora não como meros sessenta minutos, mas como 3.600 segundos. No entanto, depois que os relógios desapareceram, nem isso tinha mais importância.

Para ser sincero, também perdi um pouco a noção de dia da semana e de "hoje". Mas, bem, depois de quarta-feira vinha uma quinta-feira. Então resolvi pensar naquele dia como uma quinta, já que o anterior havia sido quarta. Entretanto, no fim das contas, até a noção de dia da semana era algo puramente inventado pela humanidade.

De qualquer forma, eu não tinha nada de importante para fazer, então tentei ocupar meu tempo com alguma coisa. Embora o próprio tempo houvesse desaparecido. Mesmo que quisesse matar o tempo fazendo algo bobo, não tinha tempo nenhum para matar. Aquilo era muito confuso!

Quantos minutos haviam se passado desde que eu acordei? Por força do hábito, olhei para o lado em busca do relógio de cabeceira, mas ele não estava lá. *Eu vivia num mundo sem relógios.* De repente, senti que estava sendo arrastado pela correnteza invisível e infinita do tempo, me tornando cada vez mais uma coisa do passado.

Pensando bem, as pessoas dormiam, acordavam, comiam e trabalhavam de acordo com as regras do tempo. Ou seja, viviam em função do relógio. Os seres humanos haviam se dado ao trabalho de inventar diversas regrinhas para impor limites à vida em sociedade, organizando as coisas em dias, meses e anos. E tinham ido mais além, ao criar o relógio para que todos se conformassem a essas convenções.

A existência de regras implicava também a perda de uma parte da liberdade. Ainda assim, os seres humanos espalhavam lembretes disso por todos os lados: pendurando nas paredes, colocando no quarto etc. E, como se isso não bastasse, faziam questão de que tivesse um relógio aonde quer que fossem, chegando ao ponto de usá-lo no pulso. Mas, naquele momento, entendi o que aquilo significava. Com a liberdade vinha a insegurança e a ansiedade. Então os seres humanos abdicavam de sua liberdade para sentir um pouco de segurança com as regras impostas.

Eu estava perdido em pensamentos quando Repolho se aproximou e começou a se esfregar em mim, certamente para pedir alguma coisa.

— Que foi, Repolho? Está com fome? — perguntei.

O carinho dele pela manhã costumava ser um sinal de barriguinha vazia.

— Não, não é isso que eu quero, senhor.

— Hã?

A resposta dele tinha me pegado de surpresa — ainda não havia me acostumado a ter um gato falante. Então Repolho deu um longo suspiro e continuou a falar:

— Vossa Mercê está sempre equivocada.

— Vossa Mercê?

Parecia que ele estava se referindo a mim. Minha nossa! Até quando ele iria falar como se estivesse num filme de época?

— Senhor, quando quero passear, Vossa Mercê pensa que quero comer. Quando de fato quero comer, acha que quero dormir. E então, quando *quero* dormir, pensa que quero brincar. Está sempre um tantinho equivocado.

— Ah... é mesmo?

Meu gato assentiu.

— Sim, senhor. Vossa Mercê fica achando que sabe das coisas, mas na verdade não conhece nem um pouco os gatos. É constrangedor quando o senhor se aproxima de mim com uma voz aduladora e pergunta se estou triste, quando não estou nem aí! Bem, para ser justo, a maioria dos seres humanos é assim, não só o senhor.

Fiquei chocado. Depois de quatro anos de convivência com Repolho, eu achava que nos conhecíamos e nos entendíamos muito bem. Era difícil ouvir o que meu gato tinha a dizer.

— Sinto muito, Repolho. Mas e aí, o que você *quer* fazer?

— Quero passear, senhor.

Repolho adorava passear desde que era pequeno. De repente, lembrei que minha mãe costumava levá-lo para dar umas voltinhas, rindo e dizendo: "O Repolho parece um cachorro, né?"

Pedi a ele para esperar um pouco enquanto eu me arrumava e ia ao banheiro. Mas, enquanto fazia minhas necessidades, Repolho abriu a porta e entrou.

— Anda! Vamos logo!

Resmunguei que já tinha entendido e expulsei-o do banheiro, então terminei de fazer as necessidades e lavei as mãos e o rosto. Enquanto enxaguava o rosto vigorosamente, senti que alguém me observava. Quando me virei, vi Repolho me espiando, atrás de uma coluna na sala.

— Vamos, por favor... Passeio...
— Está bem, Repolho. Espera um pouquinho.

Antigamente, ele teria apenas miado, mas naquele momento falava sem parar. As coisas só tinham piorado!

Tirei a roupa bem rápido e tomei um banho. Enquanto lavava os cabelos, mais uma vez senti um olhar cravado em mim. E lá estava Repolho, me espreitando pela frestinha da porta. Parecia uma cena de filme de terror.

— Meu passeio... — murmurou ele.

Minha nossa, ele parecia um *stalker*. Irritado, fechei a porta e terminei o banho. Depois, tomei um café da manhã, que consistiu em uma banana e um pouco de leite, e me vesti depressa.

— Abra a porta da frente, senhor. Quero ir lá para fora.

Repolho arranhava a porta de casa, enfatizando suas palavras. Já de saco cheio, levei-o logo para um passeio.

Fazia um dia lindo, perfeito para caminhar. Repolho desfilava à minha frente, todo contente. Quando ele era menor, sempre passeava com minha mãe. Ao pensar nisso, cheguei à conclusão de que era muito provável que Repolho conhecesse uma parte de minha mãe que eu não conhecia. Então, enquanto aproveitava a companhia dele, entendi por que ele falava daquele jeito. *Era por causa da minha mãe.*

Quando Repolho ainda era um filhotinho, mamãe ficou obcecada por séries de samurais, como *Mito Kōmon*, *Abarenbō Shōgun* e *Tōyama no Kin-san*. Ela, como todas as mães, costumava ter obsessões inexplicáveis que começavam e acabavam de repente, sem que ela ao menos se desse conta. Na época, ela dizia: "Os homens japoneses deveriam ser todos assim." Então tentava me convencer a assistir junto, falando de suas teorias ultrapassadas sobre a masculinidade japonesa.

— Desculpa, mãe. Prefiro filmes — eu recusava educadamente.

Sem alguém para fazer companhia a ela, minha mãe passava o dia inteiro vendo televisão com Repolho no colo, e provavelmente foi assim que ele aprendeu a linguagem dos humanos. Então a forma como ele falava devia ser uma mistura da maneira como minha mãe se expressava e da linguagem antiga de séries de samurais. Coitado! Mas, como era engraçadinho e fofinho, resolvi não corrigi-lo.

Eu o seguia pelas ruas, observando-o caminhar com um gingado bonitinho. Repolho adorava passear por uma área cheia de ervas daninhas. Lá, havia também dentes-de-leão florescendo timidamente aos pés dos postes de luz, prenunciando a primavera. Animado, o gatinho se aproximou dos dentes-de-leão para cheirá-los.

— São dentes-de-leão — falei.

Repolho olhou para mim com uma expressão estranha.

— Ah, é? Isso se chama dente-de-leão?
— Você não sabia?
— Não, senhor.
— É uma flor que desabrocha na primavera.
— Hum, entendi...

As ervas daninhas floresciam em meio ao vento frio, contando com o calor tênue do sol. Repolho, indo de flor em flor à beira da estrada, perguntava: "Como é o nome desta, senhor?" Admirando-as, acessei os nomes das flores em minha memória e os disse ao gato. Havia um sem-número de plantinhas, como ervilhaca, bolsa-de-pastor, erigeron, margarida, lâmio-violeta e muitas outras.

Eram lembranças da minha infância, até então esquecidas. Assim como ele, eu costumava perguntar o nome de tudo quando passeava com minha mãe, e ela tinha que lidar com isso *todos os dias*. Depois que me tornei adulto, às vezes ela falava que era difícil terminar nossos passeios porque, quando eu encontrava alguma flor, sentava diante dela e lá ficava. Ao falar dessas coisas, ela olhava ao longe com nostalgia, sorrindo.

"Mas foram momentos muito felizes", dizia ela.

Sem pressa nenhuma, Repolho e eu chegamos ao parque que ficava no alto da colina. De lá, tínhamos uma vista panorâmica cheia de casinhas enfileiradas ao longo da colina e, ao longe, o mar azul-turquesa. Não era um parque muito grande, mas tinha balanço, escorrega, gangorra e uma caixa de areia, onde as criancinhas brincavam com as mães.

Repolho circulou pelo parque, brincou um pouco com as crianças e, depois, virando-se para os idosos sentados nos bancos jogando *shogi*, um tipo de xadrez japonês, disse:

— Levantem daí, senhores.

Fiquei com medo de que os velhinhos fossem entrar em pânico quando vissem o "gato falante", mas eles apenas riram, com uma expressão um tanto incomodada pela interrupção. Pelo visto, ninguém além de mim conseguia entender o que Repolho falava.

— Não, Repolho. Essas pessoas já estavam aqui.

Repolho, se recusando a sair, encarava-os de maneira intimidadora.

— Esse é o meu lugar favorito, senhor.

Perdendo a paciência, Repolho saltou sobre o tabuleiro de *shogi* e derrubou as peças. Estupefatos, os idosos olharam para o gato; mas então abriram sorrisos amarelos, como se já estivessem acostumados com tal atitude do felino, e cederam o lugar. Enquanto eu me desculpava baixando a cabeça para os velhinhos, Repolho se sentou no banco de madeira, com a tinta azul meio descascada, e começou a lamber as patinhas.

Parecia que ficaria ali por um bom tempo, por isso resolvi me sentar ao lado dele e admirar o mar ao longe. Aquele momento de paz poderia durar para sempre. Como de costume, olhei para a torre do relógio do parque e, como era de esperar, não havia mais relógio. Eu não fazia ideia se tal sensação de paz era fruto do desaparecimento da quantificação do tempo, ou se era algo que sempre estivera ali comigo. Mas me sentia livre e tranquilo depois de aceitar que o mundo havia passado a ser um lugar sem relógios.

— Os humanos são criaturas estranhas — começou a falar Repolho, após terminar seu banho.

— Como assim?

— Por que vocês dão nome às flores?

— Porque existem muitos tipos, então precisamos diferenciá-las.

— Ainda assim, não precisa de *tantos* nomes. Não é mais fácil chamar todas de "flor"?

Ele tinha razão. Por que as pessoas davam nomes às flores? Não só a isso, mas também às coisas, às cores, às formas e às pessoas. Por que *nós* tínhamos nomes?

O mesmo acontecia com o tempo. Sim, o sol nascia e se punha; mas nós, seres humanos, achamos necessário nomear esses fenômenos naturais, criando coisas como segundos, minutos, horas, dias, meses e anos. No mundo de Repolho, não existia essa noção arbitrária de tempo. Então também não existiam relógios e, consequentemente, não havia horário para as coisas nem atrasos. Não havia anos escolares — sequer havia escola —, férias de verão, de inverno ou de primavera. Havia apenas mudanças provocadas pelos fenômenos naturais e reações fisiológicas, como quando sentia fome ou sono.

Sem relógios para atrapalhar, eu podia apenas ficar ali pensando nas coisas. Assim, várias regras estabelecidas pela humanidade deixaram de fazer sentido para mim. Eu me dei conta de que, tal como o tempo, as escalas de cor e temperatura também não existiam; eram apenas categorias criadas pelos seres humanos para que o mundo fizesse algum sentido. Da perspectiva de todas as outras espécies, não existiam horas, minutos ou segundos, nem temperaturas, muito menos cores. Mas, se as cores não existiam, como Repolho consideraria o dente-de-leão bonito ou a rosa bela?

— Sabe, Repolho, era muito legal da parte de mamãe passear com você todos os dias.

— O que queres dizer com isso, senhor?

— Bem, isso era muito importante para mamãe, pois ela gostava muito de você.

— Mamãe?

— Sim, a minha mãe. Acho que ela meio que é sua mãe também.

— Mamãe... De quem o senhor está falando?

Fiquei sem palavras. *Repolho se esqueceu de mamãe.* Mas isso era impossível! Quer dizer, *deveria* ser impossível. Ainda me lembrava da expressão dela no dia em que resgatou Repolho — era uma mistura de tristeza e angústia, mas também de muita esperança. Todos os dias, ela via televisão com Repolho no colo e fazia carinho nele, e então os dois pegavam no sono, aconchegados um ao outro. Ela parecia sempre tão tranquila ao lado dele. Ao recordar dessas coisas, senti um aperto no peito.

— Você não se lembra da mamãe?
— Quem é essa pessoa?

Repolho me encarava, confuso. Ele *realmente* não se lembrava dela, e foi muito doloroso me dar conta disso. Sua inocência diante daquilo só me deixava ainda mais triste. No fundo, eu acreditava em histórias como a de Hachikō, em que os animais nunca se esqueciam de seus donos. Mas devia ser apenas uma ilusão boba à qual os humanos se agarravam.

Será que Repolho se esqueceria de mim também? Será que um dia eu deixaria de fazer parte da vida dele? De repente, cada pequeno momento que vivi ganhou uma nova importância. Quantos passeios com Repolho eu ainda teria? Quantas chances eu teria de escutar minha música favorita antes de partir? Quantas xícaras de café ainda tomaria e quantas refeições faria? Quantas boas manhãs teria, e quantos espirros e gargalhadas daria?

Jamais havia pensado nas coisas dessa maneira. Isso não tinha me ocorrido em nenhum dos momentos que passara com minha mãe. Afinal, se eu soubesse que de repente aquilo seria arrancado de mim, teria apreciado mais cada um deles. Mas ela havia partido antes que eu me desse conta disso.

Em meus trinta anos de vida, será que fiz alguma coisa significativa? Havia passado tempo com as pessoas de quem realmente gostava? Havia falado tudo que queria dizer às pessoas que eram importantes para mim? No geral, eu estava mais preocupado em jogar conversa fora com outras pessoas ao telefone do que em ligar para minha mãe. Deixei de lado o que importava de verdade para dar atenção a coisas insignificantes. Ocupado com o cotidiano, perdi um tempo precioso que poderia ter sido dedicado a quem eu amava. E nem ao menos percebi isso. Se eu tivesse parado por um momentinho para refletir sobre as coisas, ficaria óbvio quem era mais importante na minha vida.

Olhei para Repolho e notei que ele estava dormindo. Enroladinho, ele escondia suas belas patinhas brancas sob o corpinho, que era uma mistura deslumbrante de preto, branco e cinza. Curioso, coloquei a mão nele e senti seu coraçãozinho batendo com força, de uma forma que eu não imaginava ser possível, não enquanto ele dormia na mais absoluta paz. Certa vez, ouvi falar que o coração dos mamíferos bate cerca de dois bilhões de vezes durante toda a sua vida. Apesar de a expectativa de vida das diferentes espécies variar — por exemplo, elefantes viviam cerca de cinquenta anos; cavalos, vinte anos; gatos, dez anos, e ratos, dois anos —, ainda assim todas morriam depois de o coração bater dois bilhões de vezes. Já no caso dos seres humanos, vivíamos cerca de setenta anos. Será que meu coração bateu tudo isso de vezes?

Sempre vivi pensando no amanhã, provavelmente jurando que era imortal. Mas, desde que soube que morreria em breve, passei a ter a sensação de que era o futuro que vinha na minha direção. Meu destino já estava traçado — ou ao menos esse era o sentimento que eu tinha. Que irônico! Só depois de terem dito que me restava pouquíssimo tempo de vida e de me ver num mundo onde o tempo *não existia*, que eu havia parado para pensar de fato no futuro e no que ele reservava para mim.

De repente, o lado direito da minha cabeça começou a doer e ficou difícil de respirar. Ainda não queria morrer, queria continuar a viver. Então, no dia seguinte, faria algo desaparecer do mundo de novo. Para meu próprio bem, iria tirar algo do meu futuro.

Repolho continuava a dormir tranquilo. Apenas muito tempo depois, quando as crianças já tinham ido embora e o sol começava a se pôr, ele acordou. Ainda no mesmo lugar, ele se espreguiçou de um jeito que parecia impossível e, depois de dar um grande bocejo, olhou preguiçosamente para mim.

— Vamos embora, senhor — disse ele de maneira pomposa.

Saltou rapidamente do banco e caminhou colina abaixo a passos meio desengonçados, dirigindo-se à rua do comércio, que ficava a caminho da estação de trem. De repente, parou em frente ao restaurante de *soba* ao qual costumava ir e soltou um miado alto. Logo, o dono do estabelecimento apareceu com um *katsuobushi* em mãos, que deu a Repolho. O gato abocanhou o lanchinho, soltou outro miado e se afastou. Ao ver aquela cena, era difícil saber quem havia adestrado quem.

Na verdade, Repolho era muito popular na rua, pois aonde ia as pessoas o cumprimentavam. Parecia que eu tinha me tornado o criado do gato que falava. Por outro lado, graças à popularidade de Repolho, consegui comprar legumes, peixe e outras coisas com desconto. Quem diria que existia desconto para gatos!

— A partir de agora só vou fazer compras com você, Repolho — disse a ele, segurando as inúmeras sacolas.

— Excelente, senhor. Assim prepararás comidas de que realmente gosto.

— Mas eu só dou coisas de que você adora, tipo o *neko-manma*.

Então Repolho, que estava caminhando à minha frente, parou de repente.

— Que foi? — perguntei.

Ele parecia muito zangado.

— Sobre isso, senhor... há uma coisa que queria lhe dizer faz muito tempo.

— O quê? Pode falar, Repolho.
— O que é *neko-manma*, senhor?
— Como assim?! *Neko-manma*, aquela comidinha de gato! Você gosta, certo?
— Aquilo são apenas restos de comida humana que vocês juntaram e deram um nome bonitinho para fingir que é comida de gato, senhor.

Muito irritado, Repolho começou a afiar as unhas furiosamente no poste de madeira próximo, miando frustrado.

Enquanto eu refletia sobre o fato de, aparentemente, Repolho detestar a comida que eu lhe dava e sobre o comportamento egoísta dos humanos ao impor tal coisa aos bichanos, a silhueta do pequeno apartamento onde morávamos se aproximava cada vez mais.

Em casa, Repolho e eu comemos peixe assado (nada de *neko-manma*) e voltamos ao sossego de antes.
— Repolho — chamei-o.
— O que foi, senhor?
— Você não se lembra mesmo da mamãe?
— Não, senhor.
— Entendi... que triste.
— Por quê, senhor?

Não conseguia explicar para Repolho a tristeza daquilo, nem podia culpá-lo por ter se esquecido. No entanto, queria falar para ele sobre o "tempo" que os dois viveram juntos. Eu me levantei e tirei uma caixa de papelão empoeirada do fundo do guarda-roupa. Dentro, havia alguns álbuns cor de vinho, que eu queria mostrar para o Repolho. Enquanto folheava o primeiro deles, contei a história por trás de cada fotografia.

— Olha, essa é a cadeira de balanço antiga que você adorava. Vivia nela com a mamãe, se balançando sem parar... Esse era o novelo de lã que você amava. Você brincava com ele durante horas... E esse era o velho balde de latão, onde você dormia ou de onde ficava observando a mamãe... Ali está sua toalha verde-clara, sua favorita. Antes, era a preferida da mamãe, mas então você se apossou dela... — falei para ele, apontando para cada uma das fotos. — O pianinho de brinquedo que mamãe deu pra você de Natal! Adoro essa foto. Olha, nessa você está tocando; apesar de meio agressiva, foi uma grande performance... Ahhhh, a árvore de Natal! Todos os anos, quando mamãe começava a decorá-la, você ficava muito animado e acabava destruindo tudo, então ela tinha bastante trabalho nesses momentos... Nessa foto você está *pendurado* na árvore. Foi uma confusão só! Você era um agente do caos, Repolho. Mas mamãe parecia muito feliz em todas as fotografias.

Quando o álbum chegou ao fim, peguei outro e continuei a contar as histórias para o Repolho. Falei do Alface e do dia de chuva em que ele chegou em casa. Contei também que, quando ele morreu, mamãe ficou muito mal. E, então, falei do dia em que mamãe levou Repolho para casa e da felicidade que se seguiu. Por fim, as histórias chegaram ao dia em que ela adoeceu. Quietinho, Repolho prestava atenção a cada uma das minhas palavras. De vez em quando eu perguntava se ele se lembrava dessa ou daquela situação, mas pelo visto ele tinha esquecido tudo mesmo.

No entanto, de repente, seus olhos se iluminaram ao ver uma das fotografias. Era de uma viagem em família à praia, logo pela manhã, com meus pais e eu de *yukata* — um tipo de quimono informal que a pousada oferecia. Mamãe, que estava numa cadeira de rodas, trazia Repolho no colo, o bichano com cara de mal-humorado. Meu pai e eu sorríamos, parecendo meio envergonhados. Era uma cena tão rara que me chamou atenção.

— Quem é esse, senhor? — perguntou Repolho, curioso. Parecia não reconhecer papai também.

— Esse é meu pai — respondi secamente. Não queria falar muito dele.

— Onde é esse lugar, senhor?

— Acho que isso é nas termas, de quando fomos em família.

A data impressa na fotografia mostrava que havia sido exatamente uma semana antes de minha mãe morrer.

— Mamãe estava hospitalizada e não conseguia mais se locomover sozinha. Mas, de repente, quis ir às termas.

— Por quê, senhor?

— Acho que ela queria ter boas últimas recordações, pois quase nunca viajava.

Repolho olhou atentamente para a fotografia.

— Lembrou de alguma coisa?

— Hummm... acredito que sim. Estou começando a sentir algo, senhor.

Talvez fragmentos de memórias estivessem vindo à tona na mente de Repolho. Eu queria resgatar outras partes dessas lembranças que ele guardava, então resolvi falar um pouco mais sobre aquela fotografia.

A foto tinha sido tirada quatro anos atrás. Naquela época, não havia mais qualquer esperança de cura para a doença da minha mãe, e ela passava todos os seus dias vomitando e sofrendo, sem dormir direito. Mas, certa manhã, ela acordou, me chamou e declarou: "Quero viajar para algum lugar que tenha fontes termais e vista para o mar." Num primeiro momento, fiquei perplexo e perguntei a ela várias vezes se tinha certeza daquilo, mas ela insistiu na ideia — o que me surpreendeu, porque ela nunca falava com tanta obstinação. Consegui persuadir o médico a autorizar uma viagem de alguns dias, mas havia um probleminha...

"Quero ir com você, seu pai e Repolho. Toda a família!", disse ela, enfim revelando seu plano.

Naquela época, eu não falava com meu pai; sequer fazia contato visual com ele, apesar do estado de saúde de minha mãe. Minha relação com ele havia esfriado ao longo dos anos e chegado a um ponto em que não havia nada que eu pudesse fazer. Sendo assim, na ocasião, hesitei em viajar com meu pai ou mesmo em falar do assunto com ele. Mas, lá no fundo, eu sabia que aquela seria a última viagem da minha mãe, então acabei cedendo. Como de costume, ele achou a ideia absurda. Ainda assim, apesar do estresse, insisti e consegui convencê-lo a ir.

Como seria a última viagem da minha mãe e a primeira que eu planejaria sozinho, busquei montar a melhor programação possível. Escolhi uma cidadezinha costeira que ficava a três horas de trem. Lá, a praia era bonita e se estendia pelo horizonte, banhada pela luz suave do sol. Além disso, havia ótimas pousadas com termas que ficavam à beira-mar. Certa vez, minha mãe viu aquela cidade numa revista e vivia dizendo que gostaria de visitá-la.

Escolhi o melhor *ryokan* para nossa estadia, uma casa japonesa com mais de cem anos que tinha sido reformada e transformada numa pousada tradicional. Lá havia dois quartos, e um deles, o do segundo andar, com vista para o mar. Além disso, as fontes ficavam ao ar livre e de frente para o mar, de onde teríamos uma bela visão do pôr do sol. Achei que minha mãe ficaria muito feliz, então não poupei esforços nem dinheiro para reservar o lugar.

No dia marcado, nos despedimos dos médicos e enfermeiros e seguimos viagem. Não fazíamos aquilo havia muito tempo, e daquela vez também tínhamos

Repolho como companhia. Já no trem, mamãe olhava sorridente para mim e para meu pai, sentados lado a lado num banco estreito e trocando apenas algumas palavras. Após três longas horas juntos, quando já estávamos chegando ao nosso limite, finalmente anunciaram o fim da viagem.

Eu empurrei a cadeira de rodas da mamãe até a pousada, contente. Mas, quando chegamos lá, fui atingido por uma terrível notícia: a pousada não havia feito minha reserva e não tinha mais vagas. Fiquei furioso, pois combinei tudo com eles por telefone. Expliquei que aquela seria a última viagem da minha mãe e que por isso era muito importante, mas a proprietária se limitou a pedir desculpas e nada fez para resolver a situação. Fiquei fora de mim; eu me sentia culpado por ter falhado com minha mãe.

"Não se preocupe com isso", disse mamãe, sorrindo.

Mas eu não conseguia me perdoar. Estava tão frustrado e desapontado que me vi à beira das lágrimas. Sem saber o que fazer, fiquei ali parado. Então meu pai me deu um tapinha no ombro com sua mão grande e áspera.

"Eu me recuso a ficar ao relento", disse ele.

E então saiu andando. Fiquei surpreso com sua ação repentina, mas logo me apressei a segui-lo. Indo de pousada em pousada, ele perguntava se dispunham de quatros vagas. Até então, eu só tinha visto meu pai na relojoaria sentado durante horas, consertando relógios em silêncio, por isso fiquei impressionado. Quando ele ia me ver no *undokai*, a gincana esportiva do colégio, também ficava sentado, imóvel como uma pedra. Aquela era a primeira vez que eu via meu pai andar apressado daquele jeito.

"Sabe, ele tem essa aparência, mas antigamente corria muito rápido", disse minha mãe, acompanhando-o com o olhar enquanto ele avançava de forma elegante, sacudindo seu corpo pequeno e robusto pelas ruas daquela cidadezinha.

Talvez por ser um fim de semana de alta temporada, todas as pousadas estavam lotadas. Recebemos um não atrás do outro, mas continuamos procurando algum lugar para ficar de maneira obstinada. Às vezes, nos separávamos; em outras, íamos juntos. Não podíamos deixar minha mãe ficar ao relento. Afinal, aquela seria sua última viagem. Foi a primeira vez, na minha vida adulta, que agi em prol do mesmo objetivo que meu pai.

Procuramos sem parar, correndo pelos estabelecimentos à beira-mar, até enfim encontrar um lugar com um quarto disponível. Àquela altura já havia anoitecido, então não conseguimos analisar muito bem a estrutura externa do prédio, mas era perceptível que se tratava de um lugar muito antigo. Assim que entramos, constatamos que tudo era velho *mesmo*; o piso até rangia sob nossos pés.

"É uma pousada bonitinha", disse minha mãe, contente pelo local.

Eu me senti mal ao pensar que ela ia ser obrigada a ficar num lugar daqueles, mas não havia opção. Como meu pai tinha dito, não podíamos ficar ao relento, então não havia outra saída a não ser ficar naquela pousada. No fim das contas, as funcionárias e o dono eram muito simpáticos. Apesar de a comida não ser chique, era bem-feita e deliciosa, e minha mãe a elogiou sem parar com um sorriso no rosto. Vendo-a feliz daquele jeito, o sentimento de culpa que tomava conta de mim foi ligeiramente amenizado.

Naquela noite, dormimos juntos no mesmo quarto, cada um num *futon*, como não fazíamos havia muito tempo. Encarando o velho teto de madeira, eu me lembrei da casa onde havíamos morado na minha época de ensino fundamental. Lá não tinha muitas divisões, então dormíamos juntos no único quarto da casa, nossos *futon* lado a lado. Vinte anos depois, estávamos fazendo a mesma coisa. Era uma sensação estranha. Tive certeza de que aquela seria a última noite que passaríamos juntos, e não consegui dormir ao pensar nisso. Meus pais provavelmente não conseguiram pegar no sono também. No quartinho escuro, o único som que se ouvia era o da respiração suave de Repolho, sobrepondo-se ao barulho das ondas.

Por fim, lá pelas quatro ou cinco horas da manhã, o sol começou a nascer. Eu abandonei as cobertas e me sentei na cadeira perto da janela; em seguida abri as cortinas e me surpreendi com a vista. Lá estava o vasto mar. Por termos encontrado aquele lugar às pressas e já de noite, eu não fazia ideia da vista que a pousada oferecia, então jamais poderia imaginar que o mar estaria tão perto, logo à minha frente. Depois de algum tempo, enquanto eu observava a paisagem sob a luz fraca do amanhecer, meus pais se levantaram. Assim que os vi, percebi que estavam com olheiras de uma noite não dormida.

"Vamos tirar uma foto. Adoro andar pela praia de manhã", disse minha mãe, olhando para o mar. Ela usava um *yukata*.

Pus Repolho adormecido no colo dela, ajeitei meu *yukata* e empurrei-a na cadeira de rodas em direção à praia. Lá fora ainda estava meio escuro e frio. Animada, mamãe pediu para chegar mais perto da água, mas a cadeira de rodas ficava presa na areia úmida, dificultando o avanço até não conseguirmos mais prosseguir. Logo o sol da manhã começou a se erguer no céu, seus raios cintilando na superfície do mar. Impressionados com a beleza ofuscante da paisagem, ficamos admirando a vista.

"Depressa! Vamos tirar fotos!", a voz da minha mãe me puxou de volta à realidade, e preparei a câmera.

Enquanto meu pai e eu nos revezávamos para tirar as fotos, o dono da pousada se ofereceu para tirar uma de todos nós. Com o mar ao fundo, meu pai e eu nos agachamos ao lado da mamãe, e Repolho, que finalmente havia acordado, estava de mau humor e bocejava sem parar no colo da mamãe.

"Digam 'xis'!", gritou o homem e tirou a foto.

"Muito obrigado", agradeci.

Mas, quando fui buscar a câmera, o homem disse que ia tirar mais uma fotografia. Então voltei para junto de mamãe, lado a lado com ela.

"Sorriam... Digam 'cheesecake'!"

Rimos por educação da piadinha sem graça, e ele registrou o momento.

— Lembrou de alguma coisa? — perguntei a Repolho, após contar a história daquela viagem.

— Hum... nada, senhor.

— Sério? É uma pena mesmo...

— Peço perdão. Não consigo lembrar mesmo, senhor. Entretanto...

— Entretanto...?

— Lembro que eu estava feliz, senhor.

— Estava feliz?

— Sim, senhor. Recordo que estava feliz quando a fotografia foi tirada.

Era estranho pensar que ele não se lembrava de nada além daquilo. No entanto, algo nas palavras de Repolho me fez refletir sobre a ocasião. Olhando novamente para a fotografia, me dei conta: minha mãe não insistira naquela viagem só porque era um desejo seu. Na verdade, ela queria que meu pai e eu fizéssemos as pazes. Ela só gostaria de ver, antes de partir, nós dois juntos e conversando.

Soltei um murmúrio lamentoso. Por que não tinha me dado conta daquilo? Ela havia dedicado todo o seu tempo ao meu pai e a mim desde o meu nascimento, e era óbvio que não se dedicaria a si mesma nem em seus últimos dias de vida. Antes de partir, concentrou suas forças na tentativa de reconciliar a família. *Caí direitinho, mamãe.* E levei todo aquele tempo para perceber isso. Encarei a fotografia mais uma vez; nela, meu pai e eu sorríamos meio envergonhados, muito parecidos, e minha mãe sorria de orelha a orelha, mais feliz do que nunca.

Admirando o rosto dela, senti uma dor no peito, e a tristeza tomou conta de mim. Sem conseguir me conter, chorei ali mesmo, na frente de Repolho. Em silêncio, apenas continuei a encarar a foto enquanto me desfazia em lágrimas. Preocupado, Repolho se aproximou de mim e pulou em meu colo, aninhando-se ali. Aos poucos, o calor de seu corpo foi me acalmando.

Os gatos eram incríveis mesmo. Eles nos ignoravam a maior parte do tempo, mas pareciam pressentir quando precisávamos de consolo. No entanto, assim como a noção de tempo, a "solidão" provavelmente não devia existir para os gatos. Havia apenas os momentos que passavam sozinhos e aqueles em que tinham companhia humana. Talvez a solidão fosse algo que apenas os humanos experienciavam. Mas, enquanto olhava para o sorriso da minha mãe, cheguei à conclusão de que a solidão era o que nos levava a nutrir outros sentimentos.

— Ei, Repolho, você sabe o que é o amor? — perguntei, fazendo carinho nele.

— Que coisa é essa, senhor?

— Bem, acho que gatos não entenderiam muito bem, mas é algo que os humanos sentem. É quando você gosta de verdade de alguém e essa pessoa se torna muito importante para você, então você quer estar com ela o tempo todo.

— Isso é uma coisa boa, senhor?

— Hum... bem, pode ser meio incômodo e, às vezes, atrapalha a gente, mas é uma coisa boa. É algo muito bom.

Sim, era isso mesmo. O amor existia em nossa vida. Afinal, que nome daríamos à expressão da mamãe na foto senão amor? E essa coisa única e caracteristicamente humana, apesar de às vezes se tornar um fardo, nos movia. Assim como o tempo e todas as outras coisas que haviam sido criadas pela humanidade para controlar a sociedade, aquilo também nos libertava e tornava a vida possível. Afinal, eram precisamente aquelas coisas que nos faziam humanos.

Enquanto viajava em meus pensamentos, de repente ouvi o tique-taque de um relógio. Espantado, olhei para o lado da cama, mas não encontrei nenhum relógio. No entanto, embora não conseguisse ver, senti que havia alguma coisa ali que me estimulava. Ouvindo aquele tiquetaquear, comecei a ter a impressão de que, na verdade, era o som do coração de toda a humanidade.

Em minha mente, visualizei o ponteiro dos segundos girando num cronômetro e atletas realizando uma corrida de cem metros rasos. O ponteiro dos segundos continuava a girar e um botão era pressionado. O botão era, na verdade, de um despertador, que crianças sonolentas apertavam antes de voltar para debaixo das cobertas. Nos sonhos daquelas crianças, os ponteiros do relógio na parede giravam sem parar até o inevitável amanhecer.

Então, pela manhã, a torre de um relógio era iluminada pelo sol e, próximo a ela, viam-se pessoas à espera de seus amores. A passos largos, passei por aqueles amantes e segui até a parada de ônibus. Olhando para meu relógio, embarquei num trólebus, que estava atrasado, como de costume. Por fim, cheguei a uma pequena relojoaria, cheia de relógios amontoados. *Tique-taque, tique-taque, tique-taque*, o som ecoava no ambiente, indicando a passagem do tempo. Absorto, fiquei ouvindo por um instante. Eu havia crescido escutando aquele barulho. O som que me controlava e me libertava. Aos poucos, meu coração se acalmou e o som se desvaneceu ao longe.

★

— Vamos dormir, Repolho? — sugeri, guardando o álbum que havíamos olhado por último.

Ele apenas me encarou e respondeu com um miado.

— Por que você está agindo como um gato?

Mas sua resposta reclamando da minha piada sem graça não veio. Ele apenas miava sem parar. De repente, tive um mau pressentimento.

— Está desapontado, senhor? — Ouvi uma voz atrás de mim.

Surpreso, me virei e vi Aloha, bem na minha frente. Com seu sorriso de sempre, ele usava uma camisa havaiana preta meio sinistra: a estampa era a de um oceano mergulhado na escuridão noturna.

— Vossa Mercê vai morrer em breve? Senhor...?

— Não tem graça.

— Tá, tá, desculpa! Pelo visto, a magia não durou tanto quanto eu imaginava. Ele já voltou a ser um gato normal! Está desapontado, senhor?

— Para com isso, por favor.

— Ok, ok. Mas, olha, não tinha momento melhor para isso acontecer — disse Aloha, com um sorriso malicioso.

Era uma expressão diabólica que mostrava suas más intenções, outra coisa da qual apenas os humanos eram capazes.

— Decidi a próxima coisa que quero fazer sumir — continuou Aloha, com a mesma expressão de antes.

Tive a sensação de que algo terrível estava prestes a acontecer e, de repente, ficou difícil respirar. Então, minha imaginação disparou — outro dom que só os humanos tinham. Em minha mente, cenários terríveis ganhavam forma.

— Por favor, para! — gritei sem pensar.

Não, não tinha sido eu, mas sim o Diabo na minha frente, idêntico a mim.

— É assim que você quer gritar, não é? — provocou Aloha, rindo.

— Por favor... não faça isso! — implorei, caindo de joelhos.

E então o Diabo anunciou:

— Vamos fazer os gatos desaparecerem do mundo.

SEXTA-FEIRA:

Se os gatos desaparecessem do mundo

Seu corpinho tremia e ele miava bem baixinho, aparentando sofrimento. Será que ele queria que eu o salvasse? Infelizmente, eu não podia fazer nada além de ficar ao lado dele. Por muito tempo, Alface tentou ficar de pé sozinho, mas sempre caía.

"Talvez tenha chegado a hora", murmurei.

"É, acho que sim...", concordou minha mãe, tomada pela tristeza.

Fazia cinco dias que Alface dormia sem parar. Não comia nem seu atum favorito e muito menos bebia água. E, por mais que tentasse, já não conseguia se levantar.

Compadecido de seu sofrimento, levei à boquinha dele a mistura de Pocari Sweat e água que eu havia feito. Depois de dar uma lambidinha, Alface tentou levantar mais uma vez, mesmo já sem forças, e se ergueu meio cambaleante. Então caminhou bem devagarinho, trêmulo, até minha mãe e caiu.

"Alface!", exclamei.

Não aguentando mais a situação, peguei-o no colo. Seu corpinho já bastante magro e leve ainda tinha o calorzinho de sempre. Mas ele tremia, tomado pela dor. Naquele momento, senti que Alface estava entre a vida e a morte, e meu medo se transformou em pânico. Não conseguia acreditar que a vida dele estava se esvaindo bem diante de meus olhos. Já sem forças, vagarosamente coloquei Alface no colo da minha mãe.

Aconchegando-se nos braços dela, Alface ronronou e miou como se anunciasse que ali era seu lugar. Mamãe o acariciou com delicadeza e, aos poucos, ele parou de tremer, ainda de olhinhos fechados. Com o ânimo renovado, ele se ergueu devagarinho e arregalou os olhinhos, encarando a mim e à minha mãe. Então, respirou fundo e parou de se mexer.

"Alface!"

Chamei-o sem parar. Queria acreditar que ele estava apenas dormindo e que, se eu chamasse seu nome o suficiente, em algum momento ele despertaria.

"Deixe-o quietinho. Ele finalmente está num lugar onde não precisa mais sofrer", disse mamãe, ainda fazendo carinho nele. "Você sofreu demais, não foi, meu amor? Sei que foi difícil. Desculpa, não pude fazer nada para aliviar sua dor. Mas agora está tudo bem. Você não vai mais sofrer."

Então mamãe começou a chorar copiosamente. E foi então que caí na real: Alface havia partido. Tal como os escaravelhos e lagostins que eu costumava criar e que paravam de se mexer quando morriam. Atônito, acariciei seu corpinho. Ele continuava quentinho, mas já não se mexia.

Olhei para a coleira de couro vermelho que Alface usava. Ele vivia mordendo a coleira na tentativa de arrancá-la, e ela trazia essas marcas. Até então, a coleira parecia quase viva, como uma parte do corpo de Alface, mas, de repente, parecia algo frio e sem vida. Quando toquei nela, a realidade da morte dele me atingiu com muita força e comecei a chorar, como se expurgasse as lágrimas para fora de mim.

Quando acordei, estava à beira das lágrimas. Ainda era madrugada, talvez lá pelas três horas. Sonolento, olhei para o lado e não vi Repolho. Em pânico, saltei da cama e procurei-o ao redor, encontrando-o dormindo enroladinho na ponta da cama — ele se mexia muito enquanto dormia. Ufa, que bom que ele ainda estava aqui.

Na noite anterior, Aloha havia sugerido fazer os gatos desaparecerem em troca de um dia de vida. Era minha vida ou os gatos. Mas, àquela altura, eu não conseguia imaginar minha vida sem o Repolho. Já haviam se passado quatro anos desde a morte da mamãe, e Repolho estivera ao meu lado o tempo todo. Não podia fazê-lo desaparecer. Mas o que eu deveria fazer?

Se os gatos desaparecessem do mundo... o que seria dele? De repente, me lembrei do que minha mãe costumava dizer: "As pessoas e os gatos vivem juntos há dez mil anos. Se convivermos com um gatinho por bastante tempo, aos poucos percebemos que não é que nós o criamos, mas sim que ele nos permite desfrutar do privilégio de sua companhia."

Repolho estava quietinho, dormindo como um anjinho. Com cuidado, deitei ao lado dele e admirei seu rostinho. Ele nem sonhava que podia estar prestes a desaparecer. Não me surpreenderia se ele acordasse naquele momento e falasse: "Quero fazer minha refeição, isso sim, senhor." Porém, enquanto o observava, também o imaginava dizendo, como um amigo fiel: "Desapareceria de bom grado pelo senhor, Vossa Mercê."

Por um lado, diziam que só os humanos tinham o conceito de morte. Então, para os gatos, não existia algo como o medo da morte. Mas, apesar da nossa angústia em relação à morte, insistíamos em criar gatos como animais de estimação, mesmo sabendo que eles partiriam muito antes de nós e que isso causaria um sofrimento imensurável. Por outro lado, as pessoas também não tinham como lamentar a própria morte, então a dor pela morte de uma pessoa só existia para aqueles que a amavam. No fim das contas, a morte de um gato e a morte de uma pessoa eram a mesma coisa.

Pensando naquilo, finalmente percebi por que as pessoas criavam gatos. Havia um limite para quão bem podíamos conhecer a nós mesmos. Não sabíamos nada sobre nosso futuro e muito menos sobre nossa morte. Minha mãe tinha razão, afinal. Não eram os gatos que precisavam dos humanos; eram os humanos que precisavam dos gatos. Enquanto refletia sobre tais questões, comecei a sentir uma dor lancinante no lado direito da cabeça. Impotente, me enrolei na cama, tremendo sem parar, tal como Alface em seus últimos momentos de vida. Me sentia tão pequeno e indefeso naquele meu invólucro mortal, então dominado pela morte. Meu coração se apertava e a dor de cabeça ficava cada vez mais forte. Zonzo, fui até a cozinha para tomar dois analgésicos e logo depois voltei para a cama. E caí num sono profundo novamente.

— E aí, o que você vai fazer? — perguntara-me Aloha na noite anterior, com seu habitual sorriso sarcástico. — É a vida do gato ou a sua, viu? Não é uma escolha tão difícil assim! Afinal, se você morrer, não terá quem cuide dele. Mas, ao mesmo tempo, você não tem muito a perder.

— Espere um pouco, por favor.

— E você ainda precisa pensar?

— Espere aí!

— Tá bom. Você tem até amanhã para tomar sua decisão... antes de morrer.

Em seguida, Aloha desapareceu.

Quando acordei de novo, já tinha amanhecido. Ainda despertando, levantei devagar e procurei por Repolho, mas não o encontrei — ele não estava em lugar algum. Para onde ele tinha ido? Será que eu havia decidido fazer os gatos desaparecerem sem perceber, no meio de um sonho? Varri o cômodo com o olhar, inspecionando-o. Lá estava o velho cobertor alaranjado sobre o qual ele sempre dormia, abandonado. Ele também não estava na estante de livros, embaixo da cama nem no banheiro. Então lembrei que Repolho gostava de locais apertados e resolvi checar a máquina de lavar roupa, onde ele costumava se esconder — mas nada.

Ah! O parapeito da janela! Repolho adorava ficar lá, balançando a cauda. Quando dormia, se enrolava todinho e, depois de um tempo, dava para ouvir sua respiração calma e adorável. Ao lembrar disso, não conseguia deixar de pensar em seu calorzinho e seu cheirinho. De repente, pensei ter ouvido um miado bem baixinho.

— Repolho?

Como se algo me puxasse, calcei rapidamente os chinelos e corri para a rua. Talvez ele estivesse no estacionamento em frente ao prédio, escondido debaixo daquela caminhonete branca. Mas de novo não o encontrei em lugar algum. Então percorri o caminho que tinha feito no dia anterior com ele.

Será que Repolho estava no parque? Correndo, subi a colina até lá. Quem sabe ele estivesse naquele velho banquinho azul. Chegando lá, não o encontrei em lugar algum.

E o restaurante de *soba*? Talvez ele estivesse lá, comendo seu *katsuobushi* habitual. Com isso em mente, dei meia-volta e me dirigi à rua do comércio. Mas nem sinal dele.

— Repolho! — chamei-o, desesperado.

Corri sem parar, procurando por ele e chamando seu nome, até minha garganta ficar seca e meus pulmões e pernas começarem a doer de tanto esforço. De repente, me senti zonzo.

— Mãe...

Enquanto corria, me lembrei *daquele* fatídico dia. Não queria pensar naquilo, mas a memória do sofrimento físico e emocional continuava indelével no fundo da minha mente.

★

Aquilo tinha acontecido quatro anos atrás. Naquele dia eu também corria com todas as minhas forças, em direção ao hospital. Minha mãe havia tido uma convulsão. Naquela época, ela já estava no hospital fazia uma eternidade e passava cada vez mais tempo dormindo. As convulsões aconteciam com certa frequência e, a cada episódio, eu corria para o hospital para vê-la. Quando cheguei lá, ela estava se debatendo na cama, tremendo e dizendo: "Frio, frio..."

"Mãe!"

Eu estava muito assustado porque nunca tinha visto minha mãe daquele jeito. Ela costumava ser alegre e simpática, sempre ao meu lado, meu porto seguro. E eu sabia que a estava perdendo. Estava tão assustado e triste que quase desmaiei.

"Desculpa, desculpa...", dizia ela, delirante.

Fiquei com o coração apertado diante daquela cena e comecei a chorar. Com as pernas bambas, continuei a acariciar as costas dela. Após cerca de uma hora de agonia, ela caiu num sono profundo graças à medicação intravenosa. Adormecida, havia uma expressão tranquila em seu rosto, como se o desespero de antes nunca tivesse acontecido. Aliviado, cambaleei para uma cadeira próxima e também caí no sono. Não sei quantas horas se passaram assim, mas, quando acordei, minha mãe lia um livro sob a luz de uma luminária.

"Mãe, está tudo bem?"

"Ah, você acordou! Sim, estou bem agora."

"Que alívio!"

"Mas... o que será que vai acontecer?" Ela encarou os próprios braços, mais magros do que nunca. "Estou parecendo o Alface."

"Não fale isso, mãe!"

"Desculpa, meu filho."

Um raio de sol entrou pela janela. O pôr do sol, geralmente alaranjado, naquele dia estava cor-de-rosa. No quarto, havia uma fotografia de nossa família, com minha mãe na cadeira de rodas e meu pai e eu ao lado dela, todos sorrindo, com o mar ao fundo.

"Nós nos divertimos muito nas termas", disse ela de repente.

"Verdade", concordei.

"Fiquei muito ansiosa com aquele imprevisto da pousada."

"Nossa, eu entrei em pânico."

"Relembrando disso agora, a situação toda foi meio engraçada."

"É mesmo."

"O sashimi estava muito gostoso."

"Deveríamos viajar para lá de novo."

"Boa ideia. Mas... acho que não consigo mais fazer isso. Desculpa", disse ela com naturalidade.

Fiquei sem palavras. Depois de um longo e incômodo silêncio, falei:

"Papai não vem visitá-la, pelo visto."

"Pois é… Ele disse que vinha. Falou que primeiro ia consertar o relógio e depois vinha."

"Ah…"

Era o relógio de pulso da minha mãe, que ela adorava e com o qual tinha muito cuidado. Ela só tinha aquele relógio. Pensando bem, era meio estranho ela ter apenas aquele, considerando que era casada com um relojoeiro.

"O que aquele relógio tem de tão especial?"

"Foi o primeiro presente que seu pai me deu."

"Ah… entendi."

"Ele mesmo que fez, usando peças de relógios antigos que colecionava."

"Não sabia que ele fazia coisas assim."

"Pois fazia!", exclamou minha mãe. Com um sorrisinho no rosto, ela continuou: "Quando seu pai veio me visitar na semana passada, contei que o relógio tinha parado de funcionar. Ele o levou para consertar sem me dizer nada."

"Mas por que fazer isso logo agora?"

"Está tudo bem, meu filho. Estou contente por você estar aqui comigo. As pessoas demonstram amor de diferentes formas, e nem sempre é do mesmo jeito que o seu."

"Se a senhora diz…"

"A vida funciona assim mesmo."

Após essa conversa, o estado de saúde da minha mãe piorou e ela faleceu uma hora depois. Aflito, telefonei várias vezes para a relojoaria, mas meu pai não atendia. Ele chegou ao hospital só meia hora depois que minha mãe tinha morrido; trazia o relógio dela nas mãos, inutilizado. Em frente ao corpo da minha mãe, insultei meu pai, possesso. Por que fazer aquilo justamente naquele momento? Não importava o que mamãe houvesse dito, não conseguia compreender a lógica do meu pai.

Depois de minha mãe ter sido levada pela agência funerária, o quarto ficou estranhamente vazio, a cama com aqueles lençóis alvos. Na cabeceira, estava o relógio dela. O relógio, que antes parecia fazer parte dela, havia perdido toda a sua vida e se tornara um objeto inútil.

De repente, me lembrei da coleira vermelha de Alface e senti um aperto no peito. Devagarinho, peguei o relógio e pressionei-o contra o peito, aos prantos. A partir desse dia, nunca mais falei com meu pai.

Mesmo depois de tanto tempo não sabia bem por que minha relação com meu pai tinha se tornado tão ruim. No início, éramos uma família muito unida, saíamos para comer e também viajávamos juntos. Mas achava que meu pai e eu, sem nenhuma razão em particular, havíamos deixado nossa relação morrer ao longo do tempo. Éramos uma família e talvez tenhamos acreditado que isso bastaria para nos manter unidos. Por isso, havíamos nos recusado a ouvir um ao outro e ficamos apegados à ideia do que achávamos certo. Mas isso tinha sido um erro.

Família não era algo que simplesmente existia; precisávamos construí-la e cuidar para que ela continuasse a funcionar. Meu pai e eu éramos apenas dois indivíduos ligados pelo sangue, nada mais que isso. E, por termos ignorado esse fato e deixado de trabalhar para que tivéssemos uma boa relação, chegamos a um ponto sem volta, no qual não tínhamos mais nada em comum. Por isso, quando mamãe adoeceu, meu pai e eu não conversávamos muito. Priorizamos nossas vontades e desavenças e esquecemos de quem mais importava: mamãe.

Mesmo após começar a apresentar sintomas de que não estava bem, ela continuou a fazer as tarefas doméstica e, embora tivesse ciência disso, não a levei ao médico. Na época, apenas me limitei a culpar meu pai por ter obrigado mamãe, que estava doente, a continuar a fazer as tarefas domésticas, e ele me culpava por não a ter levado ao médico. Nos últimos momentos dela, insisti em estar com ela, e meu pai insistiu em consertar o relógio. E mesmo a dolorosa morte da minha mãe não foi capaz de nos reaproximar.

Corri sem parar, sem rumo. Não tinha conseguido encontrar Repolho. Será que ele havia sumido mesmo? Eu tinha feito Repolho desaparecer do mundo?

Repolho! Talvez nunca mais veja você...

Eu me perguntei se nunca mais tocaria no seu pelo macio, na sua cauda se abanando e nas suas patinhas, se nunca mais sentiria seu calorzinho nem ouviria seu coraçãozinho bater. Tanto minha mãe quanto Alface já haviam partido, e talvez Repolho tivesse me deixado também. Eu não queria ficar sozinho. Estava tomado pela tristeza, frustração e amargura, e as lágrimas saíam de mim como um rio.

Desesperado, continuei a correr, já sem fôlego ou forças. Corri tanto que minha cabeça começou a doer e acabei caindo de joelhos no chão de pedra fria. Olhando com mais atenção, os paralelepípedos abaixo de mim me pareceram familiares. Intrigado, olhei para cima e reconheci a praça onde tinha encontrado minha ex-namorada três dias antes.

Tinha ido parar na cidade vizinha, um percurso que faria em trinta minutos de trólebus. Talvez não houvesse mais nada que pudesse ser feito. O toque frio dos paralelepípedos havia me trazido de volta à realidade. Eu tinha feito os gatos sumirem. Pior que isso, havia feito Repolho desaparecer do mundo.

Miau.

Nesse momento, pensei ter ouvido Repolho, e na mesma hora me levantei do chão.

Miau. De novo.

Corri em direção ao som. Era sonho ou realidade? Estava confuso demais. Forcei-me a prosseguir em direção ao miado, apesar de sentir minhas pernas pesadas como chumbo. Quando dei por mim, estava em frente a um edifício de tijolos. Era o cinema.

Miau.

Então avistei Repolho. Lá estava ele, em cima do balcão do cinema, todo esticado e abanando a cauda tranquilamente, como de costume. Miando, saltou para o chão com graciosidade e caminhou na minha direção. Emocionado, abracei-o com força, sentindo seu pelo fofinho contra meu peito. O calor que ele emanava gritava vida.

— Repolho...

Continuei a abraçá-lo, e logo ele começou a ronronar.

— Que bom que vocês se reencontraram.

Minha ex-namorada estava na minha frente, afinal ela morava ali.

— Fiquei surpresa com a chegada repentina do Repolhinho.

— Obrigado. Estou tão aliviado e feliz!

— Você está chorando de novo! Pelo visto continua um bebê chorão.

Eu não tinha reparado até então que estava chorando, e me sentia envergonhado pelas lágrimas que não paravam de descer. Mas, acima de tudo, estava contente. Repolho não havia desaparecido! Ele estava nos meus braços novamente. Eu me levantei, enxugando as lágrimas.

— Isso deve ser obra da sua mãe.
— Como assim?
— Toma.

Ela me estendeu uma carta, endereçada a mim. O envelope tinha um selo, mas não havia nenhum carimbo do correio. Era uma carta que tinha sido escrita, mas nunca enviada.

— É da sua mãe. Ela deixou comigo, para que eu entregasse a você.

— Da minha mãe?

— Sim. Quando sua mãe estava internada, fui visitá-la, e ela me entregou esta carta.

Eu não fazia ideia de que ela tinha visitado a minha mãe. Surpreso, peguei o envelope.

— Ela me disse que escreveu a carta para você e acabou não conseguindo postar. Ela acreditava que, se o fizesse, nunca mais veria você. Por isso, ela me pediu que a entregasse quando você estivesse passando por um momento muito difícil.

— Entendi...

— De início recusei, já que não estávamos mais juntos. Mas sua mãe disse que não se importava se não fosse entregue a você, que ficaria feliz só de pensar que alguém estaria com a carta. Mas, hoje, quando Repolho apareceu e você veio chorando, pensei: "Chegou a hora."

— Agora?

— Ela disse para eu te entregar isso caso você estivesse passando por um momento difícil.

— Entendi...
— Sua mãe era o máximo mesmo. Era quase como se ela tivesse poderes mágicos ou algo assim — disse ela, rindo.

Sentei no sofá do saguão do cinema e coloquei Repolho no meu colo. Depois, abri a carta devagarinho.

Dez coisas que quero fazer antes de morrer

Assim estava escrito bem grande (a letra da mamãe era muito bonita) na primeira folha do papel de carta. Aquilo me pegou de surpresa. Nós, mãe e filho, havíamos feito a mesma coisa. Ri da coincidência e passei para a segunda folha.

Acho que me resta muito pouco tempo de vida. Por isso, decidi pensar em dez coisas que quero fazer antes de morrer.

Quero viajar. Quero provar comidas deliciosas. Quero vestir roupas elegantes...

Enquanto escrevia várias coisas, comecei a me perguntar se era realmente aquilo que eu queria fazer antes de morrer. Depois de refletir com calma, percebi uma coisa: tudo que eu queria fazer antes de morrer eram coisas que queria fazer para você.

Você ainda viverá muito. Diversas coisas dolorosas e tristes ainda irão acontecer. Por isso, resolvi listar dez coisas maravilhosas sobre você, para que, quando estiver passando por momentos difíceis, possa seguir em frente.

O que há de maravilhoso em você:

Você consegue chorar junto com as pessoas quando elas estão tristes.
Você compartilha da alegria das pessoas quando elas estão felizes.
Você fica com uma expressão linda quando está dormindo.
Suas covinhas quando você sorri.
O seu hábito de apertar o nariz quando está nervoso ou ansioso.
A sua preocupação com as necessidades dos outros.
Quando eu ficava gripada, você sempre realizava as tarefas domésticas com prazer.
Você sempre amava as comidas que eu fazia.
A forma como você pensa e pondera sobre as coisas, sempre levando tudo em consideração.
E a forma como, depois de refletir muito, você consegue encontrar a melhor solução possível para a questão.

Jamais se esqueça desse seu lado maravilhoso. Pois, enquanto você cultivar essas coisas incríveis, será muito feliz e as pessoas ao seu redor também.

Obrigada por tudo. E adeus. Espero que você nunca abra mão das dádivas que tem.

As lágrimas caíam sobre o papel. Tentei desesperadamente enxugá-las, pois não queria manchar aquela preciosa carta, mas elas não paravam de escorrer, molhando a folha. As memórias da minha mãe fluíam com as lágrimas.

Quando eu ficava gripado, minha mãe estava sempre lá para massagear minhas costas.

Certa vez, me perdi no parque de diversões e comecei a chorar, e, quando mamãe me encontrou, correu para me abraçar.

Outra vez, ela passou o dia inteiro à procura de uma lancheira, rodando pela cidade, porque eu tinha dito que queria uma igual à das outras crianças.

Durante meu sono, quando eu me mexia sem parar e acabava deixando a coberta cair, mamãe me cobria de novo para eu não sentir frio.

Sempre se preocupando comigo, ela só comprava roupas para mim e quase nunca para ela.

Ela fazia a melhor omelete do mundo, fofinha e saborosa. Como eu sempre ficava querendo mais, ela costumava me dar parte da dela.

Em um dos aniversários dela, lhe dei um vale para massagem nos ombros, mas ela nunca usou pois, segundo ela, sentia pena de gastar.

Um dia, ela comprou um piano e passou a tocar minhas canções preferidas, mas não sabia tocar muito bem e sempre cometia os mesmos erros.

Minha mãe...

Será que ela tinha algum passatempo? Dedicava algum tempo para si mesma? Tinha sonhos para o futuro? Queria ter agradecido a ela por tudo o que tinha feito, mas nunca achei as palavras certas. Sequer comprei flores para ela porque achava que seria brega demais. Eu me perguntei por que não conseguira fazer uma coisa tão simples. Será que nunca passou pela minha cabeça que, um dia, minha mãe iria partir deste mundo?

"Para ganhar alguma coisa, é necessário perder algo", me lembrei das palavras da minha mãe. *Não quero morrer, mamãe. A morte me assusta. Mas a senhora tem razão, ter que tirar algo de alguém para continuar a viver é muito doloroso.*

— Vossa Mercê, enxugue essas lágrimas. — Ouvi uma vozinha dizer.

Repolho estava enrolado no meu colo, olhando para mim. Ele, como se me repreendesse por ficar espantado ao vê-lo voltar a falar, prosseguiu:

— É uma decisão muito simples, o senhor só precisa fazer os gatos desaparecerem.

— Não posso fazer isso, Repolho!

— Quero que Vossa Mercê continue a viver. Seria penoso, para mim, viver em um mundo sem o senhor.

Em toda a minha vida, nunca pensei que as palavras de um gato me fariam chorar. Mas tinha certeza de que, mesmo que Repolho só desse miados ou ronronasse, eu o entenderia. Quando achava que já tinha me acalmado, as lágrimas voltaram com toda a força.

— Senhor, pare de chorar, por favor. Minha existência é insignificante se comparada ao que Vossa Mercê já fez desaparecer do mundo.

— Não, Repolho. Não tem que ser assim.

Se os gatos desaparecessem do mundo...

Se Alface, Repolho e minha mãe desaparecessem... não conseguia nem imaginar uma vida assim. Além disso, tudo tinha uma razão para existir, e nada justificava que eu fizesse qualquer coisa desaparecer do mundo. Então, tomei minha decisão. E tive certeza de que Repolho, melhor do que ninguém, compreendia minha convicção.

Ele ficou em silêncio por um tempo, até declarar:

— Entendo, senhor.

— Obrigado.

— Só mais uma coisa...

— O quê?

— Feche os olhos.

— Hã?

— Fique tranquilo. Apenas feche os olhos.

Apesar de não entender o propósito daquilo, fechei os olhos lentamente. Então, em meio à escuridão, minha mãe surgiu. Ah, doce recordação… uma memória da minha infância. Quando eu era pequeno, chorava muito e não conseguia parar. Naqueles momentos, minha mãe me dizia com ternura:

"Não precisa parar de chorar. Só feche os olhos."

"Pra quê?", eu perguntava.

"Fique tranquilo. Apenas feche os olhos."

Em meio ao choro, eu fechava os olhos. Na escuridão, parecia que a tristeza girava num vórtice de sentimentos negativos.

"Como você se sente?"

"Muito triste e chateado, mamãe", respondia, abrindo os olhos aos pouquinhos.

Ela me encarava com ternura.

"Muito bem, agora dê um sorriso."

"Não consigo."

"Consegue, sim. Vamos, meu bem."

Naquele momento, minha mente e meu corpo não estavam em sintonia. Não conseguia ficar feliz de fato. Por mais que me esforçasse, continuava triste e não parava de chorar. Mas a voz da minha mãe me encorajava a ir devagar e, aos poucos, eu esboçava um sorriso.

"Muito bem. Agora feche os olhos de novo."

Eu fazia o que ela me pedia. De olhos fechados e com aquele sorriso forçado, de repente minha mente se acalmava, levando embora todos os sentimentos negativos e deixando apenas uma sensação agradável de paz.

"Que tal?"

"Me sinto bem melhor."

"Que bom, meu filho."

"Mamãe, como é que a senhora fez isso?"

"É segredo."

"Como assim?"

"É um truquezinho de mágica. Sempre que se sentir triste ou solitário, você pode recorrer a esse truque. Faça quantas vezes precisar."

Repolho me fez lembrar da magia da minha mãe. Quando eu era criança, sempre que estava triste, pedia a ela para me lançar aquele feitiço. Sentado no sofá do saguão, fechei os olhos e, apesar de continuar chorando, abri um sorriso. Aos poucos, meu coração foi se acalmando e meu espírito ficou em paz. Ainda trazia alguma magia da minha mãe comigo.

— Obrigado, mamãe.

Sempre quis dizer aquelas palavras para ela, mas nunca consegui. Naquele momento, finalmente verbalizei aquilo.

Ao abrir os olhos, encontrei Repolho ronronando, ainda no meu colo.

— Obrigado, Repolho.

Fiz carinho nele, que miou em resposta. *Miau, miau, miau.* Parecia querer me dizer alguma coisa, mas tinha parado de falar novamente.

Entretanto, compreendi que aquela era sua forma de dizer adeus.

Eu me lembrei novamente das palavras da minha mãe: "Se convivermos com um gatinho por bastante tempo, aos poucos percebemos que não é que nós o criamos, mas sim que ele nos permite desfrutar do privilégio de sua companhia."

Ainda bem que pude conversar com meu amado gatinho antes de tudo acabar. Talvez isso também tivesse sido magia da minha mãe. *Adeus, Repolho. Obrigado por tudo.*

Continuei ali, sentado durante um bom tempo, meio atordoado. Acariciando Repolho, reli a carta com mais calma. Diversas vezes. Mas, sempre que chegava ao trecho final, estacava. Sentia uma dor no peito característica ao ler aquelas palavras. Havia uma última coisa que eu precisava fazer.

Ali, bem no fim da carta, estava escrito: *Peço que faça as pazes com seu pai.*

SÁBADO:

Se eu desaparecesse do mundo

Não sabia dizer se eu era feliz ou não. Mas de uma coisa eu tinha certeza: podíamos escolher se seríamos felizes ou infelizes; isso só dependia da forma como enxergávamos a vida.

Quando acordei de manhã, Repolho estava dormindo ao meu lado. Senti o toque macio de seu pelo e ouvi seu coraçãozinho bater. Os gatos não haviam desaparecido do mundo — nem iriam. Mas isso significava que *eu* iria desaparecer.

Se eu desaparecesse do mundo...

Tentei imaginar o que aconteceria. Não seria tão terrível assim, seria? Afinal, todo mundo morreria um dia, e não havia como escapar disso. Então, no fim das contas, o que determinava se a morte seria algo ruim ou não era a forma como tínhamos vivido, se havíamos aproveitado a vida o suficiente ou não.

"Para ganhar alguma coisa, é necessário perder algo", as palavras da minha mãe se repetiam na minha mente. Para continuar a viver, eu havia escolhido que telefones, filmes e relógios desaparecessem do mundo. Mas não tinha conseguido fazer o mesmo com os gatos; não podia trocar a existência deles pela minha. Era estupidez da minha parte fazer tal escolha? Talvez, mas não me importava. Já estava decidido. Eu jamais viveria feliz se, para isso, algo tão importante precisasse sumir do mundo. Para mim, os gatos não eram diferentes do sol, dos oceanos ou do ar que respirávamos. Por isso, não iria continuar com aquele jogo. Decidi aceitar, à minha maneira, que minha vida seria ligeiramente mais curta do que a de outras pessoas. Então iria morrer em breve.

Na noite anterior, quando Repolho e eu chegamos em casa, Aloha estava à nossa espera. Usava sua habitual camisa havaiana, short e óculos escuros no topo da cabeça. Fiquei irritado ao vê-lo, mas então percebi que, de certa forma, era tranquilizador ver as roupas alegres de sempre. Era meio assustadora a maneira como nos habituávamos às coisas.

— Onde você se meteu? Estava prestes a perguntar a Deus sobre seu paradeiro, achei até que Ele o havia escondido...

— Desculpa.

— Você está estranho... Cadê sua determinação? Anime-se, homem!

— Desculpa.

— Ok, tudo bem. Relaxa! Vamos botar a mão na massa. Chegou a hora de fazer sumir aquilo ali — disse Aloha, cantarolando uma melodia alegre e apontando para Repolho.

— Não vou fazer isso.

— Quê?

— Não vou fazer os gatos sumirem.

— Está falando sério?

— Sim.

Ao ver o choque de Aloha, comecei a rir.

— Tá rindo do quê? Você vai *morrer*. Tem certeza de que *quer* isso?

— Tenho. Chega de fazer as coisas sumirem do mundo.

— Você tem a chance de viver por mais tempo — retrucou Aloha, desapontado.

— Sim, mas estar vivo só por estar não faz sentido nenhum, no fim das contas. O que importa mesmo é a forma como se vive.

Aloha ficou em silêncio e apenas me encarou por um tempo. De repente, pôs-se a falar:

— Deus venceu... de novo! Esses humanos...
— Que foi?
— Nada, deixa pra lá. Perdi. Agora morra, por favor!
— Ei, não fale assim comigo! Mas, enfim... vou morrer mesmo.

Comecei a rir e Aloha se juntou a mim.

— Bem, chegou a hora de nos despedirmos, né?
— Sim...
— Por mais estranho que pareça, estou meio triste com isso.
— Ah! Também vou sentir saudade. Você foi uma pessoa bastante interessante de se conviver.
— E você, um Diabo muito interessante!
— Você só está me bajulando.
— Olha... tem uma coisa que eu queria perguntar: qual é a verdadeira aparência de um Diabo?
— Quer mesmo saber?
— Sim.
— Bem... na real, não tenho nenhuma aparência específica.
— Como assim?
— A existência do Diabo está apenas na mente humana. Então, vocês atribuem diferentes aparências a mim, de acordo com o que acreditam. Tipo, tem quem me imagine como um ser todo preto, com presas

enormes, chifres e um tridente, assim como tem quem pense em mim como um dragão.

— Entendi.

— Mas, não curto muito a coisa dos chifres e do tridente. Tipo... é ridículo, sabe?

— Tem razão.

— Não gosto nadinha disso.

— Entendo.

— Então, isso que você está vendo é a forma como me imagina. Para você, o Diabo tem a sua aparência.

— Mas as nossas personalidades são completamente diferentes!

— É aí que está o ponto crucial. Basicamente, represento a vida que você poderia ter vivido.

— Como assim?

—Ah, você sabe... ser alegre, despreocupado e usar roupas chamativas, e também fazer e dizer o que quiser sem se importar com os outros.

— Realmente, isso é o completo oposto de mim.

— Pois é. Sou feito de todos os seus arrependimentos. Daqueles caminhos pelos quais você não seguiu quando se viu numa encruzilhada e depois ficou se perguntando o que teria acontecido, ou quem você teria se tornado, caso tivesse seguido por ele. O Diabo é isso. É aquilo que você queria se tornar, mas não conseguiu. É a coisa mais próxima e a mais distante de quem você é, por mais paradoxal que possa parecer.

— Será que me saí bem?

— Sei lá, cara. Que pergunta é essa?

— Será que vou me arrepender de ter desistido do acordo, quando chegar a hora de morrer?

— Ah, com certeza vai! No fatídico momento, é bem provável que você grite que quer viver mais ou implore para que eu volte. Os seres humanos são assim mesmo, cheios de remorsos pelas coisas que não fizeram.

Por vezes, diziam que as pessoas que sabiam ter pouco tempo de vida viviam intensamente, aproveitando cada momento. Mas eu discordava disso. Na verdade, quando tomavam consciência de sua morte iminente, as pessoas alimentavam a esperança de que viveriam mais e sonhavam com a morte mais lenta possível, remoendo seus arrependimentos e sonhos não realizados. Mas eu, que tive a oportunidade de fazer algumas coisas sumirem do mundo em troca de alguns dias de vida, via beleza justamente nesses arrependimentos, pois eles eram a prova de que eu havia vivido.

Não faria mais nada desaparecer. Podia até me arrepender disso quando morresse, achando que deveria ter feito os gatos ou qualquer outra coisa sumirem para ter mais um mísero dia de vida. Mas, mesmo que isso acontecesse, eu estava em paz com minha decisão. Minha vida era cheia de arrependimentos, e não havia nada que eu pudesse fazer para mudar isso, não importava quantos dias a mais vivesse.

Durante todo aquele tempo, eu não havia sido quem realmente era nem tinha vivido da forma que desejava.

E iria de encontro à morte carregando esses e muitos outros arrependimentos e fracassos, sonhos que não se realizaram, pessoas que não tinha encontrado, comidas que não tinha experimentado e lugares que não havia conhecido. Mas não tinha problema. Eu estava feliz com quem havia me tornado e com a vida que tinha levado, e estava contente por estar ali naquele momento, e não em outro lugar.

Aqueles últimos dias tinham sido muito estranhos. Primeiro descobri que teria pouquíssimo tempo de vida, depois o Diabo apareceu na minha casa me oferecendo um trato — fazer coisas sumirem em troca de ganhar dias extras de vida. Mas essa situação era exatamente como o lance da maçã envolvendo Adão e Eva: uma aposta entre Deus e o Diabo. Com aquilo, Deus não estava me pedindo para determinar o valor das coisas que eu tinha feito desaparecer do mundo, mas sim o valor da minha própria vida.

Em seis dias, Deus criou o mundo. E no mesmo número de dias eu tinha feito sumir diversas coisas, uma a uma. Mas não havia conseguido fazer isso com os gatos; na verdade, decidi que *eu* deveria desaparecer. E em breve chegaria meu sabá.

Ao me ver pensativo, o Diabo disse, com uma risadinha:

— Ah, agora que está prestes a morrer, você enfim percebeu como a vida é maravilhosa, né? Enxergou quem importa de verdade para você e quais coisas são insubstituíveis! Agora que teve a oportunidade de olhar com cuidado para o mundo que o cerca, se deu conta de que a vida cotidiana, que à primeira vista parece tediosa, na verdade é cheia de beleza. Então, no fim das contas, minha vinda até aqui valeu a pena.

— Mas vou morrer em breve!

— É bem provável. Mas uma coisa é certa: você está feliz agora porque finalmente compreendeu e aceitou isso.

— Sim, apesar de querer ter compreendido antes.

— Pois é, mas ninguém sabe quanto tempo ainda terá de vida. Podem ser mais alguns dias ou até meses. Ninguém tem a mínima ideia.

— Verdade.

— Então, não tem essa coisa de morrer tarde ou cedo demais.

— É uma ótima maneira de ver a morte.

— Sim! Bem, como é a última vez que vamos nos ver, vou dar um brindezinho. Tente concluir aquilo que deixou pela metade! Enfim... já está na minha hora. Adeus!

Aloha se despediu rapidamente e tentou dar uma piscadela para mim (continuava sem saber como fazer aquilo direito). E, quando me dei conta, ele já tinha desaparecido.

Repolho soltou um miado triste.

★

Comecei a arrumar meus pertences, em preparação para a morte iminente. Primeiro, decidi arrumar meu quarto e jogar coisas fora — diários com confissões vergonhosas, roupas fora de moda, fotografias das quais eu não havia conseguido me desfazer até então... fragmentos da minha vida que encontrava e decidia que não valia mais a pena guardar. Se eu tivesse feito essas coisas sumirem, Aloha teria me dado mais dias de vida? Essa era uma pergunta para a qual eu nunca teria resposta. Mas não me arrependia da minha decisão; era muito tranquilizador não precisar mais fazer aquilo. Perdido em memórias — com a companhia de Repolho, sempre se metendo na minha frente ou se enroscando entre meus tornozelos —, joguei aqueles objetos fora. Quando acabei de arrumar tudo, já era quase noite.

Os raios de sol alaranjados que entravam pela janela iluminavam a pequena caixa de metal que eu havia colocado sobre a mesa. Era uma velha caixa de biscoitos Yoku Moku, que eu tinha encontrado no fundo do guarda-roupa — minha caixinha de tesouros. Admirei-a por um longo momento, pensando em seu conteúdo — coisas que um dia haviam sido muito importantes para mim e das quais eu esquecera. Talvez, no fim das contas, não fossem tão importantes assim.

As pessoas tinham uma capacidade assustadora de num dia valorizar determinadas coisas e, no outro, vê-las como insignificantes. Mesmo os presentes mais preciosos, as cartinhas de amor e as belas recordações entravam nessa conta, tornando-se apenas objetos que poderiam ir para o lixo. Muito tempo atrás, eu tinha guardado meus maiores tesouros naquela caixinha. Hesitante diante da possibilidade de ver seu conteúdo, não consegui abri-la. Em vez disso, decidi sair de casa.

Fui até a funerária para planejar meu funeral. O lugar, situado na periferia da cidade, tinha um elegante salão para cerimônias, o que sugeria que os negócios estavam indo muito bem. Lá, conversei com o vendedor (poderia chamar um agente funerário de vendedor?), que se mostrou bastante compreensivo em relação às minhas circunstâncias e, sem enrolação nenhuma, me explicou os custos do serviço.

Eu teria que pagar o altar budista, o caixão, as flores, o retrato que ficaria junto do caixão, a urna para as minhas cinzas, a tábua budista, o carro funerário e, óbvio, a cremação, o que totalizava 1.500.000 ienes. Basicamente, estava pagando para morrer. Afinal, *tudo* tinha um custo: desde o algodão que iam enfiar no meu nariz até o gelo seco para colocar no caixão. Só o gelo, que serviria para impedir que meu cadáver apodrecesse, custaria 8.400 ienes por dia! Chegava a ser cômico. Tinha até diferentes opções de caixão, que podiam ser em madeira natural, compensada, esculpida, com camurça ou pintada de vermelho, e os preços variavam entre cinquenta mil a um milhão de ienes. Mesmo após a morte, as pessoas eram colocadas em hierarquias. Os seres humanos eram insuportáveis!

    Depois, fui conduzido a uma sala com iluminação baixa e cheia de caixões em exibição, e comecei a me imaginar em algum deles. Eis meu funeral. Quem iria? Talvez velhos amigos, ex-namoradas, familiares, antigos professores e colegas de trabalho. Mas quantos deles ficariam realmente tristes com a minha morte? E o que falariam de mim? Que eu era engraçado, preguiçoso, mal-humorado, chato...? Que lembranças seriam recuperadas naquele momento de despedida?

    Só então me dei conta dos meus trinta anos de vida, do que eu tinha oferecido ou deixado de oferecer às pessoas. No fim das contas, eu tinha vivido todo aquele tempo para chegar a esse momento no qual sequer estaria de fato presente: o da minha morte. Minha existência era apenas um pequeno espaço de tempo situado entre dois períodos de tempo muito maiores — durante os quais não existi. E, nesse minúsculo espacinho, tinha deixado minha marca no mundo.

Voltei para casa, que parecia vazia depois de toda a arrumação que fiz.

    Assim que cheguei, Repolho veio miando ao meu encontro. Parecia aborrecido por ter sido deixado sozinho em casa durante tanto tempo. Para agradá-lo, servi a ele um pouco do atum que tinha comprado na rua do comércio. Então, como se dissesse que eu não tinha feito nada mais que minha obrigação, Repolho soltou um pequeno rugido e começou a comer com vontade.

Enquanto ele estava ocupado fazendo sua refeição, peguei a caixa de Yoku Moku de cima da mesa e fiquei admirando-a por um bom tempo, até resolver abri-la. Ali, junto a muitas lembranças, eu havia guardado minha paixão de infância. Era a minha coleção de selos — de várias cores e países. Olhando-os novamente, as memórias relacionadas a cada um deles vieram à tona num piscar de olhos.

Eram recordações de meu pai.

Quando eu era pequeno, papai me deu de presente uma cartela de selos comemorativos das Olimpíadas. Eram pequenos e coloridos, e eu tinha muita pena de usá-los, pois eram lindos e especiais demais. Depois disso, ele passou a me dar selos com certa frequência. Selos grandes e pequenos, japoneses e estrangeiros. Ele era um homem de poucas palavras, por isso aquela atividade era o único momento que compartilhávamos e no qual eu me sentia mais próximo dele. Podia parecer estranho, mas eu sentia que conseguia saber o que ele estava pensando pelo tipo de selo que me dava.

Quando eu estava no ensino fundamental, ele fez uma viagem à Europa com alguns amigos. Na ocasião, ele me enviou um cartão-postal, que tinha um selo grande e colorido de um gato bocejando. Achei tão divertido! O gato até se parecia com o Alface. De certa forma, aquela havia sido uma das poucas piadas de meu pai. Fiquei muito contente e incluí o selo na minha coleção, removendo-o com a ajudinha de um pouco de água e umas horinhas de molho.

Naquela noite eu não consegui dormir, pensando em todos os lugares que meu pai estava visitando na Europa.

Eu o imaginei passeando em Paris e, por acaso, encontrando um selo de gato numa esquina, onde parou para comprá-lo junto com um cartão-postal falando o pouco de francês que sabia; depois, num café próximo, endereçou o postal a mim. Em seguida, colou o selo nele e o depositou numa caixa de correio amarela. Eventualmente o postal foi recolhido pelo carteiro e levado da central de correio de Paris para o aeroporto, onde foi colocado num avião, entregue no Japão e trazido para a minha cidade... Só de pensar em toda a viagem que aquele objeto tinha feito, eu ficava muito empolgado.

Então, lembrei que fora aquilo que me fizera ingressar na profissão de carteiro. Pensativo, fiquei admirando a coleção. Havia tantos selos ali, de diversas cores, tamanhos e nacionalidades, com a imagem de diferentes pessoas e coisas — todos muito preciosos para mim. Enquanto segurava aqueles pequenos pedaços de papel, comecei a pensar em todas as coisas que teria feito desaparecer caso tivesse dado continuidade ao trato com o Diabo. Talvez o mundo não mudasse tanto se algumas coisas sumissem, mas ainda assim eram essas e muitas outras coisas que o compunham.

Admirando os selos, refleti sobre a profundidade do processo de colá-los em cartas e enviá-las pelo correio a pessoas queridas, com a promessa de que as veria outra vez. Só de pensar na experiência toda, senti uma calma e uma felicidade inexplicáveis. Então, de repente, percebi o que eu deveria fazer no tempo que me restava: escrever uma carta. Tinha que colocar para fora, no papel, todas as palavras e os sentimentos que havia guardado ao longo daqueles anos, expostos numa folha de papel dentro de um envelope com diversos selos, que seriam como flores decorando meus últimos momentos.

Eram tantos selos com tantas representações: um *ukiyo-é*, o mar, grandes homens que eram homenageados pelas suas nações, festivais, cavalos, ginastas, pombos, pianos, carros, pessoas dançando, flores, aviões, joaninhas, desertos, gatos bocejando...

No momento da minha morte, eu deitaria e fecharia os olhos, e então tudo aquilo dançaria ao meu redor, telefones tocariam, uma tela de cinema exibiria *Luzes da Ribalta*, os ponteiros do relógio girariam sem parar, e cartas — em envelopes vermelhos, azuis, amarelos, verdes, roxos, brancos e cor-de-rosa — voariam pelo céu límpido ao grito de "um, dois, três!"

para uma fotografia. Então, em silêncio, eu daria meu último suspiro.

    Diante daqueles inúmeros selos, idealizei uma cena alegre e vivaz para uma situação extremamente triste, o que me arrancou um sorriso. Que momento seria! Pensando nessas coisas, cheguei à conclusão de que a carta que estava prestes a escrever deveria ser uma espécie de testamento. *Mas para quem devo escrever?*, indaguei-me, enquanto Repolho se esfregava nas minhas pernas e miava.

    Então decidi. Além disso, resolvi que a pessoa a quem enviaria a carta seria a pessoa a quem confiaria o Repolho. Era a única pessoa possível. No fundo, eu sempre soubera quem seria, só não queria admitir isso.

    Quando minha mãe resgatou Repolho da rua, a princípio fui contra a ideia, pois tinha muito medo de que ela sofresse de novo tanto quanto sofrera com a perda do Alface. Mas meu pai, pelo contrário, foi a favor da adoção.

    "Vamos ficar com ele", disse papai. "Todos nós vamos morrer um dia, tanto pessoas quanto gatos. Se compreendermos e aceitarmos isso, vamos ficar bem."

    Eu sabia que meu pai, mais do que ninguém, se preocupava com minha mãe e amava o Alface. Por isso, pensei que ele se oporia à adoção de outro gato. Mas estava redondamente enganado! Afinal, meu pai sempre dizia a coisa certa, apesar de isso não me agradar às vezes.

Então fiquei em silêncio, sem saber o que responder. De repente, o gatinho soltou um miado e avançou, meio cambaleante, até meu pai, que o pegou no colo tal como sempre fazia com o Alface. Ao ver a cena, mamãe sorriu, radiante.

Meu pai, olhando para minha mãe, disse com certa timidez:

"É igualzinho ao Alface!"

"Uma cópia, né?"

"O nome dele tem que ser Repolho."

Acho que papai ficou envergonhado por ter dito isso, porque logo me entregou o gatinho e voltou para sua loja. Sim, foi ele quem escolheu o nome do Repolho, e era o único a quem eu podia confiar o gatinho que tanto amava.

Comecei, então, a escrever uma carta — minha primeira e última a meu pai. Seria uma das longas, pois tinha muita coisa a dizer. E também seria meu testamento. Precisava falar daqueles dias estranhos que tinha vivido, da minha mãe, do Repolho e de muitas coisas que queria contar sobre mim.

Coloquei o papel de carta sobre a mesa e peguei uma caneta. Depois, escrevi no topo da folha:

Querido papai...

DOMINGO:

Adeus, mundo

Amanhã finalmente chega. À minha frente está a carta que acabei de escrever, uma empreitada que durou um bom tempo, durante o qual não levantei nem para comer ou beber água, enquanto Repolho passeava sobre a folha de papel. Agora finalizada, eu a coloco num envelope grande e começo a escolher um selo para colar nele. Em meio ao tesouro guardado na caixinha, vejo inúmeras cartas. Então, escolho um selo com a figura de um gatinho dormindo e colo-o delicadamente no envelope.

Saio do prédio com o Repolho à tiracolo, desço a rua devagar — que continua fria — e chego à caixa de correio mais próxima, vermelha e com sua grande boca aberta à espera de meu testamento. Depois de ser postada, a carta será entregue a meu pai, que enfim saberá como me sinto.

É o final perfeito, ou pelo menos deveria ser. Mas alguma coisa me diz que há algo errado. Sem saber o que pode ser, olho vagamente para aquela bocarra vermelha. Quando dou por mim, estou voltando para casa, correndo colina acima com Repolho no colo.

Ao chegar, ainda ofegante, tiro algumas peças do guarda-roupa: camisa branca, gravata listrada e terno cinza-escuro, meu uniforme de carteiro. Enquanto troco de roupa, olho de soslaio para o espelho, procurando pelo meu reflexo. Sem perceber, eu havia ficado igualzinho ao meu pai — o rosto, a postura, os trejeitos... Estou idêntico a ele! Logo meu pai, que por muito tempo detestei.

Meu pai, que tinha passado horas a fio consertando relógios com as costas encurvadas, o mesmo homem que segurou minha mão quando eu fiquei assustado no cinema, que me dava selos de presente, que pegava Repolho no colo com um grande sorriso, que havia andado apressado pelas ruas daquela cidadezinha das fontes termais... que tinha chorado escondido no velório da minha mãe.

No dia em que saí de casa, meu pai deixou a caixinha de tesouros no meu quarto já vazio. Agora, lembro que ele estendeu a mão para mim. Tudo que eu tinha que fazer era apertá-la, assim como havia feito quando pequeno, no cinema.

Papai...

Sempre quis ir encontrar o senhor. Preciso vê-lo para lhe pedir desculpa, agradecer por tudo e dizer adeus.

Limpando as lágrimas na manga do uniforme, guardo a carta na minha maleta e saio de casa apressado. Desço a escada e subo em minha bicicleta, que tinha deixado em frente ao prédio, coloco Repolho na cestinha e pedalo colina acima. Em cima da bicicleta velha, me esforço para fazê-la andar enquanto ela range. Meu rosto está coberto de suor e lágrimas, mas continuo a pedalar, até chegar ao topo da colina.

De repente, um vento começa a soprar, as nuvens se dissipam e o calor do sol que prenuncia a primavera me envolve. Repolho, sentindo a brisa suave, solta um miado de satisfação. Abaixo de nós, o mar azul-turquesa se estende e, do outro lado da baía, avisto a cidade onde meu pai mora.

Aquela cidade que sempre vejo do topo da colina, tão pertinho, mas à qual não fui durante muito tempo. Finalmente estou indo para lá, para visitar meu pai. Acelero nos pedais e desço a colina, a velocidade cada vez mais alta.

Em breve chegarei lá.

Este livro foi composto na tipografia ITC Galliard Pro,
em corpo 12/16, e impresso em
papel off-white no Sistema Cameron da
Divisão Gráfica da Distribuidora Record.